Editora Zain

# Floresta de lã e aço

Natsu Miyashita

TRADUÇÃO
Eunice Suenaga

© Natsu Miyashita, 2015
Todos os direitos reservados.
Edição japonesa publicada pela Bungeishunju Ltd., 2015.
Direitos de tradução desta edição adquiridos
da agência Bureau des Copyrights Français, Tóquio.
© Editora Zain, 2023
Todos os direitos desta edição reservados à Zain.

Título original: *Hitsuji to Hagane no Mori*

Grafia atualizada segundo o Acordo Ortográfico da Língua
Portuguesa de 1990, que entrou em vigor em 2009.

**EDITOR RESPONSÁVEL**
Matthias Zain

**PROJETO DE CAPA E MIOLO**
Julio Abreu

**ILUSTRAÇÃO DA CAPA**
Julia Panadés

**PREPARAÇÃO**
Cristina Yamazaki

**REVISÃO**
Juliana Cury | Algo Novo Editorial
Isadora Prospero

Dados Internacionais de Catalogação na Publicação (CIP)
(Câmara Brasileira do Livro, SP, Brasil)

Miyashita, Natsu
Floresta de lã e aço / Natsu Miyashita ; tradução Eunice Suenaga.
– 1ª ed. – Belo Horizonte, MG : Zain, 2023.

Título original: *Hitsuji to Hagane no Mori*
ISBN 978-65-85603-06-5

1. Romance japonês I. Título.

23-176938                                    CDD-895.635

Índice para catálogo sistemático:
1. Romances : Literatura japonesa 895.635
Eliane de Freitas Leite – Bibliotecária – CRB-8/8415

A Zain agradece Bruno Pinheiro pela leitura prévia da obra.

**Zain**
R. São Paulo, 1665, sl. 304 – Lourdes
30170-132 – Belo Horizonte, MG
www.editorazain.com.br
contato@editorazain.com.br
instagram.com/editorazain

# Sumário

Floresta de lã e aço  9
Brevíssimo posfácio  199

#  Floresta de lã e aço

# 1

Senti cheiro de floresta. Uma floresta no outono, momentos antes de escurecer, com o vento a balançar as árvores e suas folhas. Cheiro de floresta já quase anoitecendo.

Mas não havia nenhuma floresta por perto. Eu sentia cheiro de outono seco e experimentava até a sensação do crepúsculo caindo, mas na verdade eu estava de pé em um canto do ginásio do colégio. As aulas já haviam terminado e eu era o aluno solitário que acompanhava o visitante.

Diante de mim havia um piano. Sim, um grande piano de cauda preto, imponente, com a tampa aberta. Ao lado, estava um homem de pé. Ele olhou de relance para mim, mas não dissemos nada. Quando pressionou algumas teclas, senti mais uma vez emanar, da floresta que havia ali, no interior daquele instrumento, o cheiro das árvores a balançar. A noite avançou mais um pouco. Eu tinha dezessete anos.

Como eu era o único na sala de aula naquele momento, o professor me incumbiu de acompanhar o visitante. Estávamos no segundo ano do ensino médio, já no final do período letivo, época das provas intermediárias, quando as atividades esportivas eram suspensas. Os estudantes iam para casa assim que as aulas acabavam. Como eu morava sozinho, não tinha ânimo para voltar ao apartamento solitário e, portanto, preferia estudar na biblioteca.

"Desculpe, Tomura", assim dizendo, o professor continuou: "Tenho uma reunião de professores agora. O visitante vai chegar às quatro. É só acompanhá-lo até o ginásio".

"Tá bom", respondi. Era comum as pessoas me pedirem coisas. Talvez por se sentirem à vontade, ou talvez por acharem que eu não recusaria. Ou por parecer desocupado. De fato, naquela época não sabia como passar meu tempo. Não tinha obrigações e não havia nada que eu gostasse de fazer. Devo concluir o ensino médio e conseguir algum emprego, só quero poder sobreviver. É assim que eu pensava.

E mesmo que me pedissem com frequência, nunca eram tarefas significantes — estas eram para pessoas importantes. Já as tarefas comuns eram feitas por pessoas comuns, como deveria ser o caso do visitante, pensei.

Então me dei conta de que o professor apenas me pedira para acompanhar a pessoa até o ginásio. Não me disse quem era.

"Quem é o visitante?"

O professor, que estava prestes a deixar a sala de aula, virou-se para mim e respondeu:

"É o afinador."

Essa palavra, *afinador*, não me era familiar. Será que é a pessoa que conserta o ar-condicionado? Se for mesmo, por que tenho que levá-la ao ginásio? Foi o que pensei, mas era algo sem muita importância.

Na sala de aula vazia, mais ou menos por uma hora, gastei o tempo lendo um livro de história do Japão, já que tinha prova no dia seguinte. Um pouco antes das quatro, fui à porta de entrada destinada aos funcionários da escola e avistei um senhor. Usava uma jaqueta marrom, carregava uma grande maleta e estava de pé, com a coluna ereta, do lado de fora da porta de vidro dos funcionários.

"O senhor veio ver o ar-condicionado?", perguntei enquanto abria a porta por dentro.

"Sou Itadori, da loja de instrumentos musicais Etô."

Instrumentos musicais? Então esse senhor de meia-idade talvez não fosse o visitante que eu deveria acompanhar. Podia ter perguntado o nome ao professor.

"O professor Kubota avisou que tinha uma reunião hoje. Eu só preciso ir até o piano, mais nada", disse o senhor.

Kubota era o meu professor, quem me solicitara que acompanhasse a visita.

"Ele pediu para levar o senhor ao ginásio", eu disse, oferecendo-lhe as pantufas marrons destinadas aos visitantes.

"Isso mesmo, hoje vim ver o piano do ginásio", ele respondeu.

O que ele vai fazer com o piano? A pergunta surgiu brevemente, mas o meu interesse não foi além disso.

"Por aqui, por favor."

Quando comecei a andar, o senhor seguiu logo atrás de mim. Sua maleta parecia pesada. Pensava em apenas acompanhá-lo até o piano e sair em seguida.

Ao chegarmos, ele apoiou a maleta no chão e fez um aceno de leve para mim. Está me dispensando, supus. Retribuí com outro aceno e me virei para sair. O ginásio, geralmente barulhento por conta dos treinos dos times de basquete ou vôlei, estava mergulhado em silêncio naquele dia. O sol da tarde penetrava pelas janelas que ficavam no alto.

Quando me dirigia ao corredor que ligava o ginásio a outras dependências, ouvi um som atrás de mim. Havia algo de concreto e palpável naquele som e, ao me virar um pouco, percebi que vinha do piano. Jamais teria adivinhado. Uma nostalgia tomou conta. Me trazia uma lembrança agradável, mesmo que eu não soubesse do quê.

O senhor continuou pressionando as teclas sem me dar atenção. Não tocava nada em especial; os sons ecoavam como se ele estivesse inspecionando as notas uma a uma. Depois de ficar um tempo parado, eu me aproximei do instrumento de novo.

Mesmo quando cheguei mais perto, o senhor não pareceu se importar. Ele se afastou das teclas e abriu a tampa do piano de cauda. A tampa que para mim parecia mais uma enorme asa preta de um pássaro. Ao levantá-la, ele a apoiou com o suporte para que não se fechasse e pressionou uma tecla.

Senti cheiro de floresta. Os confins de uma floresta, momentos antes de anoitecer. Eu queria ir até lá, mas hesitava. É perigoso no escuro. Quando eu era pequeno, ouvira muitas histórias de crianças que se perderam na floresta e não conseguiram voltar. Não se deve entrar na floresta ao entardecer. O sol se põe muito mais rápido do que se imagina.

Quando dei por mim, o senhor estava abrindo a maleta. Havia ali muitas ferramentas que eu nunca vira. O que ele vai fazer com elas? Vai usar tudo aquilo no piano? Achei que não deveria perguntar. O ato de perguntar carrega uma responsabilidade. Sentia que ao perguntar e obter a resposta, a pessoa que perguntou deveria, por sua vez, replicar. Embora cheio de dúvidas em minha cabeça, não perguntei nada. Provavelmente porque eu não tinha nada para lhe oferecer de volta.

O que o senhor quer com o piano? O que deseja fazer dentro dele? Ou melhor: o que vai fazer com o piano? Naquela hora, não sabia o que queria perguntar. Continuo até hoje sem saber. Deveria ter perguntado, penso. Deveria ter lançado a dúvida que surgira dentro de mim mesmo que ela não tivesse assumido nenhuma forma. Penso nisso várias vezes. Se naquele momento tivesse conseguido expressá-la em palavras, não seria necessário continuar buscando a resposta. Claro, se a resposta fosse satisfatória.

Não perguntei nada e fiquei observando de pé, em silêncio, para não atrapalhar o trabalho.

Na época do ensino fundamental, havia um piano na escola em que estudei. Não era um piano de cauda como aquele, mas eu conhecia o tipo de som do instrumento e cantara várias vezes acompanhado por ele.

No entanto, senti que era a primeira vez que via aquele instrumento preto, enorme. Pelo menos a primeira vez que via suas vísceras expostas sob aquela asa aberta. A sensação de um som que tocava minha pele também era nova.

Senti cheiro de floresta. Floresta no outono, de noite. Coloquei a minha bolsa no chão e observei de perto o som do instrumento que mudava gradualmente. Fiquei ali por quase duas horas, sem perceber o tempo passar.

No começo sentia apenas que era outono, de noite, mas tudo foi ficando mais nítido. Outono, mês de setembro, isso, início de setembro. Noite, logo no início, com pouca umidade, mais ou menos às seis horas de um dia ensolarado. Ainda era claro na cidade, mas no vilarejo entre as montanhas, nesse horário, os últimos raios solares eram obstruídos pela floresta e começava a escurecer. Conseguia sentir a presença próxima dos bichos da floresta prendendo a respiração, aguardando a chegada da noite para iniciar suas atividades. Um som suave, quente e profundo. Era o que vertia do piano.

"Esse piano é velho", o senhor disse, talvez porque estivesse quase concluindo o trabalho. "E o som é bastante delicado."

Ah, é? Só consegui balbuciar. Não sabia direito como era um som delicado.

"É um bom piano."

Sim, assenti com a cabeça mais uma vez.

"Pois antigamente, as montanhas e os campos eram melhores."

"Hã?"

Enquanto lustrava o piano com um pano que parecia macio, ele continuou:

"Antigamente, tanto nas montanhas como nos campos, as ovelhas comiam capim de boa qualidade."

Lembrei dos carneiros pastando com tranquilidade na fazenda perto da casa dos meus pais, no meio das montanhas.

"Os feltros eram feitos de uma lã de boa qualidade, produzida por ovelhas de boa qualidade que comiam capim de boa qualidade. Hoje em dia, não se fabricam mais martelos bons como esses."

Não tinha ideia do que ele estava falando.

"Os martelos têm relação com o piano?", perguntei.

Nisso, o homem olhou para mim. Ele acenou com a cabeça mostrando um leve sorriso.

"Dentro do piano tem martelos."

Nunca poderia ter imaginado.

"Quer dar uma olhada?", perguntou.

Eu me aproximei.

"Quando você bate na tecla...", ele disse.

PLIIIM, ecoou o som do piano. Uma peça se levantou no interior e tocou um fio.

"Viu? Esta corda foi golpeada pelo martelo. E a ponta dos martelos é revestida por feltro."

PLIIIM, PLIIIM, os sons ecoaram, mas eu não sabia se eles eram delicados ou não. No entanto, conseguia visualizar a floresta no início de setembro, mais ou menos às seis da tarde, horário em que começava a escurecer.

"Você está bem?", o senhor perguntou.

"Ficou bem mais definida do que antes", respondi.

"O que ficou mais definida?"

"A paisagem sonora."

Conseguia visualizar nitidamente a paisagem que o som evocava. Agora que os trabalhos haviam sido concluídos, a paisagem ficara bem mais vívida do que quando o piano fora tocado pela primeira vez.

"Por acaso a madeira usada no piano é de pinheiro?"

O homem acenou de leve com a cabeça.

"É de uma árvore chamada abeto. É um tipo de pinheiro, sim."

Perguntei então, com certa convicção:

"Por acaso é de pinheiro extraído de alguma montanha na cordilheira Daisetsu?"

Era por isso que eu conseguia visualizar a paisagem. Era a paisagem daquela floresta. Por isso o som tocava tanto o meu coração. Porque era a floresta daquela montanha que estava sendo tocada.

"Não, a madeira é importada. Deve ser alguma árvore da América do Norte."

A expectativa foi abruptamente frustrada. Talvez todas as florestas emitissem o mesmo tipo de som, onde quer que se localizassem. Talvez todo início de noite fosse silencioso, profundo e um pouco intimidante.

O senhor fechou a tampa que estava aberta igual à asa de um pássaro e começou a lustrar a superfície com um pano.

"Você toca piano?", ele perguntou com uma voz tranquila.

Como seria bom se pudesse responder que sim. Como seria bom se fosse capaz de tocar piano e expressar tantas coisas belas como a floresta e a noite.

"Não."

Na realidade, nunca sequer tocara num piano.

"Mas você gosta de piano?"

Não sabia se gostava ou não. Pela primeira vez na vida tinha prestado atenção num piano.

Permaneci calado, mas o senhor parecia não se importar muito. Ele guardou o pano com que lustrara o piano, fechou a maleta e afivelou o fecho.

Em seguida se virou para mim, pegou os cartões de visita do bolso da jaqueta e me entregou um. Era a primeira vez que um adulto me entregava um cartão de visita.

"Se tem interesse, venha ver os pianos."

Embaixo do nome da loja de instrumentos musicais estava escrito:

*Soichirô Itadori*
*Afinador de pianos*

"Posso ir mesmo?", a pergunta saiu quase involuntariamente.

Por que perguntar? Era claro que sim. Ele estava me convidando, claro que podia ir. Ele está me autorizando, pensei. "Claro", Itadori assentiu com um sorriso.

Nunca esqueci aquele episódio. Um dia fui visitar a loja.
Itadori estava prestes a sair para atender um cliente. Enquanto caminhávamos lado a lado até o estacionamento que ficava atrás da loja, perguntei sem rodeios:
"O senhor me aceitaria como discípulo?"
Sem rir nem se mostrar surpreso, Itadori apenas encarou o meu rosto com um semblante tranquilo. Em seguida, deixou sua maleta no chão, pegou uma caneta esferográfica e escreveu algo na pequena caderneta que retirara do bolso. Depois arrancou a folha e me entregou.
Nela tinha o nome de uma escola.
"Eu sou um simples afinador. Não tenho condição de ter discípulos. Mas se você quer realmente aprender a afinar piano, recomendo essa escola."

Foi assim que decidi convencer a minha família. Tão logo concluí o ensino médio, fui estudar lá. Não sei o quanto eles compreenderam a decisão. No vilarejo no meio da montanha onde nasci e cresci, só se podia fazer o ensino fundamental. Depois que concluíam a educação obrigatória, todos desciam a montanha para fazer o ensino médio. Esse era o destino das crianças da montanha.
Mesmo crescendo juntos, havia aqueles que se davam bem morando sozinhos, e os que não se acostumavam. Os que conseguiam se adaptar em meio a muitas pessoas e à escola nova, e os que não conseguiam. Os que voltavam à montanha um dia, e os que vagavam e chegavam a um lugar completamente diferente. Não que um fosse melhor do que outro, não era sequer uma opção pessoal; a pessoa fazia parte de um grupo ou

de outro. Era algo que acontecia naturalmente, quando menos se esperava. E eu acabei me encontrando. O cheiro das florestas me revelara um novo mundo, da afinação de pianos. Não podia mais voltar à montanha.

Foi quando saí de Hokkaido pela primeira vez na vida. Passei dois anos estudando numa escola profissionalizante para formação de afinadores de piano, na ilha principal do país. Ou seja, gastei dois anos só para aprender as técnicas de afinação numa sala de aula simples, anexa a uma fábrica de pianos. Na turma, éramos sete alunos.

Estudava desde a manhã até a noite. Como as aulas eram numa espécie de depósito da fábrica, o local era quente no verão e frio no inverno. Fazia parte das aulas práticas a manutenção e regulagem inteira de um piano, até mesmo a aplicação de verniz na parte externa. As tarefas eram difíceis e eu me empenhava até tarde da noite, desesperado, sentindo-me incapaz de concluir tudo. Será que adentrei numa floresta onde se falava que, uma vez dentro, era impossível sair? Cheguei a pensar nisso várias vezes. Tudo parecia denso e escuro à minha frente.

Apesar disso, não sei por quê, não desanimei. Do piano que eu afinava não exalava nenhum perfume de floresta, mesmo com o passar do tempo, porém nunca esqueci aquele cheiro. Contando só com aquela lembrança, concluí os estudos de dois anos. Embora não soubesse tocar piano, e não tivesse um ouvido apurado, tornei-me capaz de afinar em 440 Hz a quadragésima nona tecla do piano, o Lá acima do Dó médio. E, com isso, conseguia afinar toda a escala musical. Em dois anos. Um período que parecia curto, mas, ao mesmo tempo, longo.

Concluí o curso com os seis colegas de turma e arranjei um emprego numa loja de instrumentos musicais na cidade próxima à minha terra natal. A mesma loja onde Itadori trabalhava. Por sorte, um afinador tinha acabado de pedir as contas.

A loja de instrumentos musicais Etô vendia principalmente pianos. O dono, sr. Etô, quase nunca ficava no estabelecimento. Havia quatro afinadores e, mesmo contando a recepcionista e os funcionários encarregados de serviços administrativos e vendas, eram dez funcionários no total. Uma loja pequena.

Nos primeiros seis meses, passei por uma formação. Atendia as ligações, fazia os trabalhos administrativos da escola de música anexa, vendia instrumentos musicais e recebia os clientes. Quando sobrava tempo, era permitido afinar os instrumentos para praticar.

No piso térreo funcionavam o showroom onde os pianos ficavam expostos, a livraria onde eram vendidas partituras e livros, dois cômodos para aulas particulares e uma pequena sala de apresentação, onde cabiam algumas dezenas de pessoas. Costumávamos trabalhar no escritório que ficava no piso superior, onde, além do escritório, ficava a sala de reuniões e a sala de estar. O espaço restante era usado como depósito.

A loja tinha seis pianos e podíamos usá-los para praticar sempre que sobrava tempo. Como havia muitas coisas a serem feitas durante o horário do expediente, eu só conseguia me exercitar à noite.

Na loja de instrumentos musicais deserta, à noite, abro a tampa do piano de cauda preto. Sinto um silêncio indescritível, parece que o meu coração fica mais leve e se abre, mas sinto uma contração no âmago do meu ser. O diapasão vibra. Os nervos se apuram, tensos.

Vou afinando, corda por corda. Mas, por mais que tente, há algo que não se encaixa. Não consigo controlar bem as frequências do som. Mesmo que estejam corretas, elas ainda soam oscilantes. É esperado que o afinador de pianos faça mais do que apenas regular cada nota. Mas estou estagnado e não consigo ir além desse ponto.

A sensação é de me debater em uma piscina onde pulei acreditando conseguir nadar. Mesmo mexendo os braços não sinto que estou avançando. Todas as noites, diante do piano, eu me debato na água, soltando espuma da boca, às vezes chutando o fundo da piscina na tentativa de avançar o mínimo que seja.


Dificilmente via Itadori. Ele afinava com frequência o piano da pequena sala de apresentação e recebia muitos pedidos de clientes. Estava sempre tão atarefado que quase nunca parava na loja. Às vezes não o via nenhuma vez ao longo de uma semana, pois de manhã ele ia direto atender os clientes e à noite voltava direto para casa, sem passar na loja.

Queria muito ver Itadori afinando um piano. Queria receber orientação técnica dele e, acima de tudo, ouvir mais uma vez, com os meus próprios ouvidos, o timbre ficar cada vez mais límpido à medida que ele afinava um piano.

Provavelmente esse meu desejo transparecia na minha fisionomia, porque, quando me via, nos poucos minutos que tinha antes de sair para visitar os clientes, ele me dirigia algumas palavras.

"Você não pode ter pressa. Tem que ir passo a passo, com persistência."

Entendi. Passo a passo, com persistência. É imenso o trabalho de um afinador, um acúmulo de pequenos passos a perder de vista.

Ficava feliz só pelo fato de Itadori me dar um pouco de atenção. Mas não me sentia de todo satisfeito. Um dia corri atrás dele quando ele estava saindo da loja.

"Como faço para seguir passo a passo? Qual é o jeito certo?", eu estava desesperado.

Vendo-me ofegante, Itadori fez uma cara enigmática.

"No nosso trabalho, não existe certo ou errado. Tome cuidado com essas palavras."

Assim dizendo, ele mexeu o pescoço algumas vezes, como

se concordasse consigo mesmo. E continuou, abrindo a porta de serviço que dava para o estacionamento:

"Persistência. *Hit and run.*"

Então persistência tem a ver com beisebol? Pode ser usada uma metáfora assim, tão difícil de entender?

"Não se pode tentar um *home run*?", perguntei segurando a porta aberta.

Itadori me encarou.

"A última coisa que você deseja é acertar um *home run*."

Era um conselho compreensível, mas ao mesmo tempo incompreensível. Tenho que tomar cuidado quando uso a palavra "certo", pensei.

Persistente, eu afinava os pianos da loja, sem pressa. Um por dia. Depois de afinar todos os seis, voltava para o primeiro e recomeçava, mudando o timbre.

Apenas após seis meses de experiência os novatos tinham permissão para afinar o piano dos clientes. O afinador que pedira as contas logo antes de eu entrar demorara mais, só conseguira fazer isso depois de um ano e meio. Fiquei sabendo disso através do meu colega de trabalho Yanagi, que tinha sete anos de experiência.

"Ele também tinha concluído o curso de formação para afinadores de piano. De fato, tem gente que leva jeito para isso, tem gente que não."

Senti um desconforto ao ouvir isso. Era assustador saber que existia a possibilidade de eu não levar jeito, por mais que me esforçasse.

"Bom, para um afinador, o importante não é só a técnica de afinação", disse Yanagi batendo de leve no meu ombro.

Eu não tinha confiança na minha técnica. Tinha concluído uma formação rígida, mas com muito esforço só conseguira aprender o básico. Diante de um piano abandonado por muito tempo, sem nenhuma manutenção, a única coisa que conseguia fazer era identificar os sons desafinados, ajustar as frequências e afinar uma escala musical, com dificuldade. O resultado ficava muito aquém dos sons considerados belos. Eu sabia muito bem disso, sabia mais do que ninguém que era esse o meu nível.

Eu não tinha confiança nem ao menos na minha técnica. Se existem coisas mais importantes, como posso dar conta de tudo?

Talvez por ter percebido a minha apreensão, Yanagi disse sorrindo:

"Não se preocupe. Basta você mostrar confiança. Ou melhor, é preferível se mostrar confiante. Ninguém vai confiar num afinador inseguro."

"Desculpe."

"Não, agora não é o momento de pedir desculpas. Você tem que mostrar confiança", disse Yanagi rindo.

Ele tinha bem mais experiência do que eu, mas não se mostrava soberbo nem se gabava da carreira. O que me deixava bastante aliviado.

Como eu passara boa parte da minha vida em comunidades pequenas, não compreendia direito como funcionava a hierarquia. Porque mesmo onde não há hierarquia claramente definida, existem relações de poder. Sempre havia algo considerado superior e algo inferior. Por exemplo, entre novatos e veteranos. Entre vilarejo e cidade grande. Entre os que chegaram antes e os que chegaram depois. Entre o grande e o pequeno. Sim, são diferentes, não são iguais, mas eu não entendia as dinâmicas nas relações hierárquicas.

Além de persistir na prática de afinar pianos, ouvia insistentemente música para piano. Como praticamente nunca ouvira música clássica até concluir o ensino médio, foi uma experiência bastante nova para mim. Logo me apaixonei e dormia toda noite ouvindo Mozart, Beethoven e Chopin.

Eu nem sequer tinha conhecimento de que uma mesma música podia ser tocada por diversos pianistas. Como não era capaz de comparar as interpretações, tentei escutar o maior número possível de gravações, tomando cuidado para não repetir sempre o mesmo pianista. Eu me apegava ao que escutava primeiro, assim como o pintinho que acaba de sair do ovo considera seu genitor o primeiro ser que avista à sua frente. Sempre que escutava uma música nova, achava que aquela primeira interpretação era a melhor. Mesmo que fosse muito particular, tornava-se a minha referência.

Ao que mais eu me dedicava? Sempre que tinha tempo, ficava diante do piano, abria a tampa e observava seu interior. Havia oitenta e oito teclas, e de cada uma delas saia de uma a três cordas. Toda vez que via as cordas revestidas de cobre bem tensas, e os martelos enfileirados prontos para golpearem as cordas, eu sentia a minha espinha dorsal se aprumar. Como era bela e harmoniosa a floresta que emanava daqueles pianos.

Até encontrar o piano eu não reparava nas coisas belas. Para mim, as palavras "belo" e "certo" eram uma novidade. Não que desconhecesse o belo, não era isso. Eu estava rodeado de coisas belas, só não me dava conta. Foi assim que, depois que conheci o piano, descobri várias coisas belas na minha memória.

Por exemplo, o chá preto com leite que minha avó preparava de vez em quando, na época em que eu morava com a minha família. Ao adicionar leite, o chá ficava com a cor de um rio turvo após uma chuva forte. Eu imaginava que poderia até haver um peixinho escondido no fundo do chá. Quando ele era servido na xícara, eu ficava admirado, observando por um bom tempo o líquido que se movia. Aquilo, sim, era belo.

Ou as rugas entre as sobrancelhas de um bebê que chora. As dobras no rosto rosado, contorcido com força, que exprimem uma intensa vontade de viver. Eu ficava comovido ao ver de perto. Aquilo também era belo.

Havia também as árvores nuas, sem folhas. Quando a primavera tardia chegava na montanha, começavam a nascer folhas em todas as árvores de uma só vez. Um pouco antes desse momento, a ponta dos galhos parecia intumescer. Por causa dos inúmeros galhos levemente rosados na ponta, toda a montanha ficava irradiante. Eu via esse cenário todos os anos. Diante da chama imaginária da montanha pegando fogo, eu me sentia esmagado e perplexo, completamente paralisado. E o fato de não conseguir fazer nada me deixava feliz. Eu simplesmente interrompia os passos e respirava fundo. E sentia o meu coração palpitar diante da iminência da primavera e da floresta prestes a ser coberta por folhas tenras.

Talvez eu não tivesse mudado muito desde aquela época. Eu ficava paralisado diante de coisas belas. Era impossível deixar as árvores, as montanhas e as estações estagnadas e eu tampouco conseguia fazer parte delas. Mas descobrira que era aquilo, sim, que chamavam de belo. Eu me sentia libertado de conseguir transformar aquilo em palavra, de conseguir chamar algo de "belo". Podia apontá-lo, dividir com as pessoas. Havia um baú carregado de beleza dentro do meu corpo, e a mim cabia apenas abrir a sua tampa.

As coisas que até então eu não conseguia descrever como belas surgiam de várias partes da minha memória e saltavam para dentro desse baú, como que atraídas por um ímã. Como eram belos os galhos com a ponta intumescida e as folhas tenras que nasciam em seguida, simultaneamente. Reconhecia a beleza, mas ficava também perplexo por ser algo tão natural. Era, ao mesmo tempo, banal e milagroso. A beleza provavelmente estava oculta em todo os lugares, eu é que não percebia. Até um dia eu me dar conta da sua existência. Assim como aconteceu no ginásio do colégio, depois das aulas.

Se o piano conseguia, como um milagre, captar as coisas belas à nossa volta e lhes dar forma, levando-as aos ouvidos das pessoas, então eu seria seu servo com todo o prazer.

# 2

Lembro-me muito bem do dia em que saí para afinar um piano pela primeira vez.

Era início de outono, o sol brilhava bem alto. Trabalhava na loja havia cinco meses e recebi permissão para acompanhar Yanagi na afinação do piano na casa de um cliente. Oficialmente eu ia como auxiliar dele, mas na verdade estava indo na condição de aprendiz. Era uma boa oportunidade para aprender não só as técnicas, mas o modo de se portar na casa dos clientes e de interagir com eles.

Estava nervoso. Quando Yanagi tocou o interfone na entrada do prédio branco, fui tomado de apreensão. Serei eu capaz também? Mas quando o interfone foi atendido pela voz simpática de uma mulher e a porta de entrada se abriu, lembrei que aguardavam pelo afinador. Não a senhora que atendeu o interfone, mas provavelmente o piano ao seu lado.

Subimos de elevador até o quarto andar.

"Gosto de vir aqui", sussurrou Yanagi enquanto caminhávamos pelo corredor.

Uma mulher que parecia da mesma faixa etária da minha mãe abriu a porta e nos recebeu. O piano ficava logo à direita. Era um modelo de cauda, de tamanho pequeno, que ficava no centro de uma sala de uns dez metros quadrados. No chão havia um tapete de pelo e, na janela, grossas cortinas. Medidas de isolamento acústico, pensei. As duas banquetas na frente do instrumento deveriam ser para as aulas, uma para a aluna e uma para a professora.

Era um piano preto, bem lustrado. Não se tratava especialmente de um instrumento de alta qualidade, mas dava para perceber que era bem cuidado. E muito tocado. Só de Yanagi tocar uma oitava, rapidamente notei uma leve desafinação. Para um piano que fora afinado seis meses antes, isto era um sinal de que era usado com frequência.

Entendi por que Yanagi dissera que gostava de vir. Era um prazer afinar um piano amado e tocado com frequência pelo dono. Um piano que praticamente não desafinou mesmo depois de um ano pode dar menos trabalho na hora da afinação, mas também não proporciona tanto prazer.

Um piano deseja ser tocado. Deseja estar sempre aberto. Ou pelo menos prestes a ser aberto. Aberto para as pessoas, para a música. Caso contrário, toda a sua beleza se perde.

Yanagi fez vibrar o diapasão. O som ecoou e sincronizou com a nota Lá do piano. Estão afinados, pensei.

Piano é um instrumento independente. Cada um tem feição própria, mas no fundo todos os instrumentos estão ligados uns aos outros. Por exemplo, como o rádio. As palavras e músicas emitidas por alguma estação e transmitidas por ondas elétricas são captadas por cada uma das antenas. Da mesma maneira, neste mundo a música está dispersa em todo lugar, e os pianos, cada um deles, lhe dá forma. Nós, afinadores, existimos para que o piano seja capaz de dar a mais bela forma possível à música. Ajustamos a tensão das cordas, regulamos os martelos e afinamos o instrumento para que as ondas sonoras vibrem de maneira precisa. Ou seja, para que o piano seja capaz de se conectar com todas as músicas. Yanagi estava trabalhando em silêncio para que aquele piano pudesse ressoar e se conectar com o mundo, a qualquer hora.

Depois de quase duas horas, quando o serviço estava praticamente concluído, ouvimos alguém dizer "Cheguei", da porta. Era a voz de uma garota.

A manutenção de um piano é demorada e ruidosa. Dependendo do cliente, fechamos a porta durante a afinação. Mas naquele dia a porta estava aberta. Talvez para que a dona da voz pudesse ver o piano sendo afinado assim que chegasse. Como esperado, a garota logo apareceu na sala de piano. Estaria no ensino médio? Parecia quieta e tinha cabelo preto até os ombros.

Ela acenou com a cabeça para Yanagi e depois para mim, e ficou nos observando afinar o piano, encostada de leve na parede, em silêncio.

"Está bom assim?", Yanagi tocou uma escala em duas oitavas e cedeu espaço à frente do piano.

A menina caminhou timidamente até o piano e tocou algumas notas. Era a sua maneira de responder à pergunta de Yanagi. Sem querer, inclinei o corpo para a frente levantando-me um pouco da minha cadeira. Senti um arrepio percorrer minha nuca.

"Toque à vontade para checar", disse Yanagi rindo.

Então ela puxou a banqueta e sentou-se. E deslizou os dedos sobre o teclado, lentamente. Tocou algo breve mexendo a mão direita e a esquerda simultaneamente. Deve ser música para treinar o movimento dos dedos, supus. Como era bonito. Notas uniformes, elegantes, brilhantes. Eu continuava arrepiado. Foi uma pena a música ter acabado em tão pouco tempo.

A garota apoiou as mãos sobre os joelhos e confirmou com a cabeça.

"Muito obrigada. Acho que está bom", ela disse baixinho e cabisbaixa, talvez por vergonha.

"Então nós já...", Yanagi esboçou.

"Não, espere um pouco", ela levantou o rosto.

"Acho que a minha irmã mais nova já vai voltar. Poderiam esperar só mais um pouquinho?"

Se era mais nova, estaria no ensino fundamental? Será que era essa irmã quem decidia? Ou será que essa garota não tinha coragem de decidir sozinha?

Enquanto eu especulava, Yanagi consentiu, com um sorriso.

Logo depois que a garota saiu, sua mãe nos trouxe chá.

"Sirvam-se, por favor", disse enquanto dispunha as xícaras na mesinha no canto da sala. "Se a minha filha não voltar até vocês terminarem o chá, podem ir embora", concluiu em voz baixa.

Mesmo respeitando o desejo da filha de esperar a irmãzinha avaliar a afinação, ela mostrava ao mesmo tempo consideração conosco.

"Obrigado", disse Yanagi se curvando, interrompendo o movimento de guardar as ferramentas na maleta.

Não se passaram nem dez minutos, e a porta do apartamento se abriu com vigor.

"Cheguei!", ouvimos uma voz e passos radiantes.

"Yuni, os afinadores estão aqui."

"Que bom que cheguei a tempo!", ouvimos a voz de uma garota e, no momento seguinte, surgiram dois rostos na sala de piano. A que chegara primeiro e a que acabara de chegar. Os dois rostos eram praticamente idênticos. A única diferença era o cabelo: uma tinha cabelo liso até os ombros e a outra usava duas trancinhas, logo abaixo das orelhas.

"Você já tocou, Kazune? Então não preciso tocar", disse a garota de pé na porta. Ela chamava a outra de Kazune, então deveria ser Yuni, a irmãzinha.

"Não, você tem que tocar e ver. Nosso jeito de tocar é diferente."

A de trancinhas saiu da sala.

"Desculpe. Ela foi lavar as mãos, já volta", disse a irmã mais velha, de cabelo solto, curvando-se para nós.

Quando a irmãzinha voltou, já não tinha mais o cabelo preso. Não dava mais para distingui-las.

Logo em seguida ela começou a tocar.

Como assim, se o rosto delas é igualzinho?, pensei. Pode soar estranho, mas foi a primeira coisa que me veio à mente. Apesar de os rostos serem idênticos, o jeito de Yuni tocar era totalmente diferente. Era mais presente, mais vivo e intenso.

Os sons transbordavam e eram abundantes em cores. Sendo tão diferentes assim, ambas tinham mesmo de tocar para avaliar a afinação.

De súbito a irmã mais nova parou de tocar e se virou para nós.

"Será que poderia deixar o som um pouco mais brilhante?", disse. Em seguida, acrescentou com uma fisionomia solene: "Desculpe dar trabalho".

A irmã mais velha também mantinha uma fisionomia séria do outro lado do piano. Será que também desejava o mesmo? Que o som do piano fosse mais brilhante? Ou será que estaria respeitando a opinião da irmãzinha? Esta se levantou da banqueta.

"Acho que o senhor o afinou para que o som não reverberasse muito, não é? Por isso o som parece um pouco opaco."

Yanagi acenou sorrindo.

"Está bem. Vou regular."

Ele regulou os pedais para que os abafadores subissem um pouco mais rápido. Foi o suficiente para liberar o som, que até então era discreto. Na pequena sala, ele ecoou com brilho. Mas era isso que ela queria? O som brilhante combinava com o estilo de tocar da irmã mais nova, mas como ele afetaria o estilo contido da mais velha?

A mais nova tocou novamente o piano.

"Oh! O som está mais brilhante e mais bonito!"

Depois de tocar um tempo, ela se levantou e se curvou de maneira enfática para Yanagi.

"Muito obrigada!"

A irmã mais velha também se curvou com a irmãzinha. Lado a lado, elas eram idênticas. Com o mesmo penteado e fazendo o mesmo movimento, não dava para distinguir uma da outra. Provavelmente a com o sorriso mais largo era a mais nova, e a que parecia mais quieta, a mais velha. Mas a maneira como tocavam piano era claramente diferente. Como poderiam querer o mesmo tipo de som? Não seria natural que desejassem timbres diferentes? Se duas pessoas desejarem coisas distintas de um mesmo piano, como faz o afinador para agradar a ambas?

Deixamos o apartamento despedindo-nos das irmãs e da mãe. O dia estava escurecendo, mas dentro do pequeno carro branco deixado no estacionamento estava muito quente. Era eu quem conduzia o carro da loja. Deixando no banco traseiro a maleta de rodinha com as ferramentas, Yanagi abriu a porta do banco do passageiro.

"O que achou?", foi a primeira coisa que perguntei ao entrar no carro.

Nem eu sabia ao certo a que me referia. O que ele achou de a menina pedir um som mais brilhante? Será que eu não tinha gostado? Não era natural que nós, afinadores, priorizássemos o desejo dos clientes?

"Sempre achei curioso o modo como ela toca piano", disse Yanagi deixando escapar um sorriso abafado. "Fazia tempo que não ouvia um piano tão cheio de vida."

Em seguida, ele olhou de soslaio para mim.

"Ela toca com paixão. Poder escutar algo assim é uma recompensa pelo nosso trabalho."

Eu não diria curioso, mas concordei que seu o modo de tocar era cheio de vida.

"Ela podia ter tocado algo mais longo", eu disse.

Fora tão rápido que não conseguia dizer se o som brilhante combinava ou não.

Mas Yanagi balançou a cabeça.

"Era um dos estudos de Chopin. É suficiente. Tem razão, é curto, mas não podíamos escutar nada muito longo. Nós já nos estendemos demais por lá."

Estudo de Chopin? Não sou um conhecedor de música clássica. Estou aprendendo aos poucos, escutando as peças. Mas não era Chopin. Não podia ser música. Era apenas um exercício para os dedos... Foi nessa hora que me dei conta.

"Estudo de Chopin? Mas foi a mais nova que tocou, não foi?", eu disse.

"Como assim?", Yanagi olhou para mim arregalando os olhos. "A mais velha chamou mais a sua atenção?"

Assenti com a cabeça. Claro. Era a primeira vez que ouvia sons tão delicados, mas ao mesmo tempo cheios de vida.

"Mas como? Ela toca de um jeito normal. Toca muito bem, sim. Mas é só isso. Na minha opinião, é bem mais interessante como a mais nova toca, sem dúvida nenhuma."

Normal? Aquilo era normal? Como não tinha muita experiência com piano, talvez ao ver uma pessoa que tocasse um pouco melhor, eu concluísse que tocava extraordinariamente bem. Me veio à mente a imagem de um pintinho seguindo a galinha mãe, piando. Era a primeira vez que acompanhava o trabalho de se afinar um piano, e a primeira vez que via uma cliente tocando. Por isso me pareceu especial?

Depois de fazer essas ponderações, concluí que não era nada disso. Não, não era normal. Era claramente especial. Ela tocara uma sequência de sons que talvez nem fosse música. Mas aquilo mexeu com o meu coração. Fizera o meu tímpano vibrar e provocara arrepios em meu corpo.

"Gosto do som dela", disse Yanagi. E logo emendou: "Da mais nova".

Eu concordei com a cabeça. A mais nova também tocava bem. Com vigor e intensidade. Justamente por isso achei que não tinha por que ela desejar um som mais brilhante.

"Ah!"

O carro começou a se mover lentamente assim que pisei no acelerador.

"Que foi?", Yanagi olhou para mim.

"O brilho do som."

Não era a mais nova que precisava de um som brilhante.

Sem dúvida ela conhecia o próprio som. Conhecia também o da irmã. O que pedira não era para si. Um som delicado não precisa ser opaco. Teria pensado na irmã ao pedir um som do piano mais brilhante?

"Faz sentido", balancei a cabeça.

"Que foi?", Yanagi me olhou de soslaio. "Que estranho, você."

"Irmãs... É algo bem especial, não?"

"Principalmente gêmeas", disse Yanagi. Desta vez ele não comentou mais nada.

"É."

"Gêmeas. As duas tocam bem. As duas são uma graça", disse Yanagi bem-humorado, esticando as pernas no banco do passageiro.

Não sabia se a interpretação que considerei especial era realmente especial. Lembrei de tudo que presenciara naquele dia: da casa da primeira visita profissional para afinar um piano, das gêmeas, do timbre do instrumento, do som brilhante solicitado. Se posso trabalhar para manter os pianos no seu melhor estado, é o que vou continuar fazendo, com afinco e persistência, pensei.

# 3

A cidade parecia mais vistosa, provavelmente por conta dos frutos de algumas árvores que estavam ficando avermelhados. Graças às cores que enchiam as ruas, a cidade parecia mais alegre, irreconhecível. Quando morava na casa dos meus pais no meio da montanha, eu esperava ansioso para que os frutos na margem da estrada amadurecessem, assim eu podia comê-los no caminho de ida e de volta da escola.

"Ninguém come?", perguntei a Yanagi, que caminhava ao meu lado.

"Hã?"

"As árvores da rua são públicas, não é permitido comer os frutos?"

"Ah, do que você está falando?"

"Dos pés de teixo e seus frutos vermelhos", eu disse. "Este ano, o outono chegou mais tarde."

"Como você sabe dessas coisas?", disse Yanagi, impressionado. "Eu não entendo nada. Onde você aprendeu?"

Onde será? Nunca tinha pensado nisso. Quando me dei conta, já sabia os nomes. Eu cresci com árvores à minha volta. Era como saber distinguir o salmão, a cavala e a truta, era algo tão banal que nem merecia ser chamado de conhecimento.

"É, eu entendo de árvores, mas isto não serve para nada. Não tem nenhuma utilidade", eu disse.

Na montanha, conhecer os tipos de vento e de nuvem era bem mais útil. Com esse conhecimento, era possível prever com grande precisão o tempo, que mudava constantemente.

Árvores eram árvores. Sabendo o nome delas ou não, as

árvores estavam ali, na primavera, fazendo brotar os galhos e as folhas e, no outono, dando frutos. Assim que amadureciam, os frutos se desprendiam das árvores. Quando era criança, quando brincava na floresta durante o outono, ouvia o ruído dos frutos caindo no chão, aqui e ali. Esses sons tranquilizavam e acalmavam o meu coração. Não importa se eu estava ali ou não, os frutos caíam. Me dava uma sensação de tranquilidade ao pensar dessa forma. Ouvindo o baque dos frutos, eu brincava sem preocupação alguma. No outono em que completei dez anos, pensei: mesmo que eu desmaie na floresta e pare de respirar, os frutos vão continuar caindo. Quando me dei conta disso, uma sensação de liberdade subiu aos poucos desde a sola dos meus pés. Sou livre, pensei. Mas por trás da sensação de liberdade em poder sucumbir aqui e agora, aproximavam-se sorrateiramente o frio e a fome, fazendo-me lembrar no mesmo instante da falta de liberdade do meu corpo físico.

"Você sabe o nome das flores também?", perguntou Yanagi, me trazendo de volta à realidade.

"Sim, eu sei o nome de algumas flores que desabrocham nas montanhas. Mas não sei o nome daquelas vendidas nas floriculturas."

"Que bacana."

"Você acha?"

"Acho", respondeu Yanagi. "Significa que você se interessa por elas."

Estávamos falando do nome das flores, mas senti uma dor no coração. Senti que ele falava da minha falta de conhecimento sobre música. Tem coisas que devemos saber mais do que o nome das flores, mais do que o nome das árvores, das nuvens e dos tipos de vento. Na casa do último cliente que visitamos, perguntaram-me sobre o timbre de um famoso pianista, e eu não soube responder.

"Você deve estar vendo uma paisagem diferente da que eu vejo", disse Yanagi.

Concordei com ele. Havia muitas coisas que eu ainda precisava ver.

"Saber o nome das árvores não é supérfluo. Acho que é útil."

Será que ele tentava me consolar? Pelo menos não tem utilidade na hora de afinar um piano.

"Você quer dizer que é bom ter muitos assuntos para conversar?"

Yanagi tinha boa reputação entre os clientes. Claro, o principal motivo devia ser a técnica para afinar, mas outro motivo sem dúvida era a habilidade de manter um bom diálogo. Conseguia acompanhar qualquer assunto, mantendo um papo inteligente. Nessas horas, a única coisa que eu fazia era balançar a cabeça, ao lado dele.

"Não estou falando da capacidade de dialogar e nem de nível cultural", disse Yanagi. "Acho que esses conhecimentos são úteis para o trabalho de afinação em si."

Trabalho de afinação em si. Não sabia direito a que ele se referia. Eu era um simples aprendiz que estava perdido, dando voltas, sem conseguir compreender o que ele dizia.

"Saber o maior número possível de nome de coisas concretas e conseguir enxergar seus detalhes é muito importante. Mesmo que não pareça."

Diante da minha fisionomia indagativa, Yanagi pensou um pouco e tentou se explicar.

"Por exemplo..."

Seus exemplos eram complexos. Ele divagava muito. Até chegar ao âmago da questão, era preciso ter paciência com ele. Percebi isso só recentemente.

"Você gosta de queijo?", ele perguntou.

"Gosto", respondi.

Gosto de queijo. Mesmo sabendo que se tratava de um exemplo, era a única resposta viável.

"Eu também gostava. Achava que gostava de queijo, como muita gente. Mas esses dias provei um autêntico queijo mofado que ganhou algum prêmio e fiquei assustado. Tinha um cheiro tão forte que não dá nem para imaginar, era impossível comer. Mas o queijo era elogiado e ganhou um prêmio. Tem gente que come, achando delicioso. O paladar é algo bem profundo."

Caminhei em silêncio, refletindo. Como é que a afinação e o queijo se relacionam?

"Tomura, como você afinaria um piano se um cliente te dissesse que gostaria que ele soasse como um queijo?"

Interrompi a caminhada e olhei para Yanagi.

"Antes de tudo", eu disse, "checaria o tipo de queijo que o cliente tem em mente. Se é natural ou processado. Em seguida, acho que perguntaria o nível de maturação."

A cor, o cheiro, a consistência e, é claro, o sabor, que podem ser deduzidos pelo nível de fermentação e maturação. O mesmo se pode fazer com o som.

"Entendi", Yanagi sorriu e balançou a cabeça duas vezes. "Você disse que morava em uma fazenda?"

"Não", também sorri. "Perto de casa tinha uma criação de gado. Lá faziam queijo."

Já tínhamos conversado sobre isso. Havíamos falado dos ovos das galinhas da fazenda. Yanagi disse que, quanto mais tipos de ovos cozidos conseguimos visualizar quando ouvimos a expressão "ovo cozido", melhor. Desta vez também estávamos voltando da casa de um cliente.

"Alguns gostam de ovo cozido com gema mole, outros com gema dura, não é?", Yanagi disse.

Naquela ocasião, ele parecia um pouco aborrecido.

"Mesmo entre as pessoas que gostam de gema mole, tem gente que gosta de gema que escorre, e gente que gosta de gema macia. A propósito, eu gosto de gema macia. Com sal e algumas gotas de azeite de oliva, é indescritível."

Eu nunca havia experimentado ovo cozido com azeite. Para começar, não tinha azeite na casa dos meus pais, nem no meu apartamento.

"Pensando na gema escorrendo e na gema macia, não significa que uma é superior à outra. É só questão de gosto. Claro, gema dura também. Não significa que quem gosta de gema dura tem um gosto mais infantil do que aqueles que gostam de gema mole."

Óbvio que não era infantil. Eu mesmo preferia gema dura. Toda vez que comia aquela gema de cor amarela, com textura delicada, pensava: existe alimento mais perfeito?

"Ou seja, é questão de gosto. No piano, o tipo de som que o cliente espera depende do gosto dele."

Até que enfim as duas coisas se ligaram. Yanagi parecia não se conformar com a solicitação feita pelo cliente da casa de onde acabáramos de sair. Ele havia pedido um som mais duro. Mas, claro, não se tratava de um som mais cozido, como uma gema dura. As alegorias usadas por Yanagi muitas vezes não eram tão claras.

"Para acompanhar aspargos cozidos a vapor, é melhor ovo cozido lentamente com a gema mole. Ficam uma delícia com esse tipo de ovo, misturando como se fosse molho, não acha? Agora, há clientes que pedem ovo cozido com gema dura para acompanhar aspargos. Talvez por uma questão de hábito."

A alegoria era meio difícil, mas acho que eu consegui entender.

"Quando o cliente diz que quer um som mais duro ou um som mais suave, temos que avaliar qual é a referência que ele tem."

Nesse dia, o cliente pedira que deixasse o som o mais duro possível. Mas, ao ouvir o som do piano após a conclusão do trabalho, ele se mostrou insatisfeito, dizendo que estava rígido demais. No fim das contas, foi preciso refazer todo o trabalho, o que demandou mais tempo.

"Quando o cliente pede um som suave, é preciso desconfiar. Temos que checar o que ele imagina, confirmar se o que ele precisa é mesmo de um som suave. A técnica é importante, sem dúvida, mas o mais importante é a comunicação com o cliente. É bom checar o que ele tem em mente, o tipo de som que quer, da forma mais concreta possível."

Se o que ele quer é um ovo que fica no fogo por oito minutos ou por onze minutos. Ou se o som suave é como a brisa da primavera ou a pluma de um pássaro.

Mesmo após entender o que o cliente imagina, ainda há um longo caminho a ser percorrido. É trabalho do afinador materializar o tipo de som que foi pedido.

"Devemos acreditar nas palavras ou desconfiar delas?", Yanagi disse como se fosse um monólogo, e levou o olhar para cima, para o céu.

Como se além do céu azul e límpido houvesse algo que ele almejava. Eu, que estava numa posição bem abaixo, deveria então almejar muito mais do que Yanagi, pensei. Fiquei com o pescoço cansado por encarar o infinito e voltei a olhar para os frutos vermelhos.

Há vários tipos de afinador. Assim como diversos métodos de afinar, que variam de profissional para profissional. Foi sorte a minha ser aprendiz e trabalhar com Yanagi, que escuta com tanta atenção a preferência dos clientes.

Tem gente que fala que as palavras são desnecessárias. Um som bonito é um som bonito. Quando alguém pergunta, é raro um cliente ser capaz de explicar com precisão o tipo de som que prefere. Assim, é mais fácil o afinador apresentar um som agradável e a maioria fica satisfeita. Tendo a admitir que os afinadores que fazem isso têm razão. Eu também, se me perguntarem de que tipo de som eu gosto, não saberei responder. As palavras não são suficientes.

Para o afinador, certas coisas ficam claras quando se escuta o cliente tocar, ou quando ele fala do tipo de música de que gosta. Tudo muda conforme a idade de quem toca, a habilidade em tocar, as características do piano, o tipo de sala onde o instrumento está instalado. Ao combinar tudo isso, tentamos criar o som mais adequado.

"Há tipos", disse Akino.

Akino tinha um pouco mais de quarenta anos, era magro e usava óculos de metal. Apesar da idade, tinha uma filha pequena e um filho recém-nascido. Por isso, mesmo que a loja estivesse abarrotada de gente, ele saía no horário, quando o expediente acabava. Como costumava visitar os clientes durante o dia, eu quase não tinha oportunidade de vê-lo. Não sabia como ele afinava os pianos nem o tipo de som que criava. Quando tiver oportunidade, quero ouvir o som do piano quando ele afina e também ouvir a opinião dele sobre afinação, eu pensava.

"Tipos de quê?", perguntei.

"Tipos de cliente."

Às vezes ele almoçava no escritório e comia *bentô* que trazia de casa. Estava sempre embrulhado num lenço, com muita delicadeza. Por alguma razão, havia dias que ele trazia e outros que não trazia. Ele me explicou, desfazendo o nó do lenço xadrez:

"Muitos dizem que, se os intervalos entre as notas estiverem corretos e o piano soar afinado, já é o suficiente. São raras as pessoas exigentes quanto ao timbre. Então existem dois tipos de clientes: os que fazem exigências e os que não fazem."

"O senhor muda a afinação dependendo do tipo de cliente?"

"Mudo", Akino fez que sim com a cabeça, de forma impassível. "Mas não ganho nada por me esforçar quando ninguém exige isso de mim."

"Então o senhor só atende às exigências dos clientes que entendem as diferenças de timbre?"

Senti o meu coração apertar ao pensar nos clientes que recebiam uma afinação padronizada, quando o afinador avaliava que não entendiam do assunto. Talvez eles passassem a entender um dia. Quem sabe pudessem despertar para o instrumento ao ouvir o som de um piano afinado por Akino.

Se Itadori tivesse feito um trabalho medíocre naquele dia, considerando que se tratava de um simples piano do ginásio da escola, eu não estaria aqui. Provavelmente estaria vivendo num lugar completamente diferente, levando uma vida que não tinha nada a ver com piano.

"Além disso", disse Akino virando-se para mim. Ele deixou escapar um sorriso ao abrir a tampa do *bentô* e verificar o que havia dentro. "Há maneiras de se pedir."

Será que havia um jeito certo para isso?

"Por exemplo, a maneira como se descreve o aroma e o sabor do vinho."

"Hã? Como assim? Desculpe, nunca tomei vinho."

Akino inclinou levemente a cabeça.

"Você não bebe?", perguntou.

Tinha acabado de fazer vinte anos. Até então só experimentara saquê numa visita a um santuário no Ano Novo, quando faziam oferendas aos deuses, e nos festivais de outono. Depois de começar a trabalhar na loja, experimentara cerveja pela primeira vez na minha festa de boas-vindas. Mas não me senti nem um pouco animado. Cada um bebeu em silêncio, e felizmente ninguém me incomodou; eu, o novato.

"Mesmo nunca tendo tomado vinho, você já deve ter ouvido os jargões. O aroma elegante e perfumado, o cheiro de cogumelos depois da chuva, a textura aveludada e suave..."

Balancei a cabeça com um gesto ambíguo.

"Existem fórmulas como essa para descrever um vinho. Na afinação do piano também."

"Você quer dizer, um timbre elegante e perfumado, ou algo assim?"

"Sim. Brilhante, límpido. Tem muita gente que pede um som vistoso. Mas dá muito trabalho refletir sobre cada tipo de pedido. Então pode-se definir com antecedência. Se pedirem um som brilhante, faz-se de um jeito, se pedirem um som vistoso, de outro. Isso é suficiente."

"Então o tipo de afinação é definido segundo a maneira de se pedir?"

"É", e então Akino pegou com os *hashis* um pedaço de salsicha vermelha cortada em forma de polvo. "São pessoas comuns. Não exigem de nós nada além disso. E não faz sentido fazer mais. Pelo contrário, se formos muito precisos...", ele disse abocanhando a salsicha e continuou com a voz abafada: "Não são capazes de tocar".

Essas palavras foram ditas com displicência. Não consegui dizer nada. Ouvi dizer que antigamente Akino queria ser pianista. Após fazer o curso de piano numa universidade de música e atuar como pianista por algum tempo, decidiu se profissionalizar como afinador.

Não são capazes de tocar. Claro, Akino se referia aos clientes, e não a si mesmo. Senti um vazio. Era desanimador pensar que o ideal seria afinar um piano de maneira que todos conseguissem tocar com facilidade, enquanto uma afinação precisa sobrecarregaria uma pessoal normal.

Será mesmo?

Talvez não, talvez fosse apenas imaginação de Akino, porém eu me sentia intimidado. Além de ser um afinador com mais de dez anos de experiência, antes ele almejara ser pianista. Talvez visse algo que eu não era capaz de ver.

# 4

Os dias estavam ficando mais curtos. Ao deixar a casa do cliente, o sol já tinha se posto.

"Será que posso voltar direto para casa hoje?", Yanagi perguntou quando já estávamos perto do carro no estacionamento.

"Está bem. Vou deixar a sua bolsa na loja."

"Obrigado."

A bolsa com as ferramentas de afinação era bem pesada. Chamávamos de bolsa, mas Yanagi usava uma maleta de rodinha. Alguns afinadores usam uma mala grande ou uma de mão.

"Pra falar a verdade, hoje tenho um compromisso importante", disse Yanagi.

"É mesmo?"

"Por que você é tão apático?", Yanagi me lançou um ar de insatisfação. "Não vai me perguntar qual é o compromisso importante que eu tenho?"

"Desculpe. Qual é esse compromisso importante?"

Demorou. Yanagi levantou o rosto. Seus olhos riam.

"Pra falar a verdade...", ele assumiu uma fisionomia séria, de repente. "Vou dar um anel para a minha namorada."

"Anel... Namorada...", depois de repetir essas palavras como um idiota, finalmente a ficha caiu.

"Bo... Boa sorte", gaguejei.

"Por que você está nervoso, Tomura?", Yanagi olhava para mim, rindo.

"De... Desculpe", eu disse, me curvando.

"Como você é esquisito", ele riu.

Despedi-me de Yanagi com um aceno. Entrei sozinho no

pequeno carro branco da loja. O cume da montanha estava tingido de um rosa crepuscular.

Estudantes atravessavam a faixa de pedestre enquanto eu aguardava o sinal abrir. Tinha um colégio ali perto. Será que é hora de saírem da escola? Estava distraído, olhando para a frente, com as mãos no volante, quando no meu campo de visão surgiu uma estudante que parou de repente. Sem querer, fiquei olhando para ela. Nossos olhares se cruzaram. Logo reconheci. Era aquela menina. Uma das gêmeas que tocavam piano de forma encantadora. Não sabia qual delas era. Acenei com a cabeça e ela perguntou, da faixa de pedestre:

"Você é o afinador, não é?"

Abri o vidro e respondi que sim. Para ser exato, era um aprendiz. Ela disse algo à menina do lado e veio correndo até o carro.

"Que bom encontrar você aqui. A Kazu... A minha irmã mais velha me ligou, dizendo que o som da nota Lá não sai. Mas o Yanagi está ocupado e não pode ir lá em casa hoje."

Irmã mais velha... Então essa era a mais nova, se não me engano o nome dela era Yuni. Yanagi tinha grande consideração pela habilidade das gêmeas, especialmente a de Yuni, mas mesmo assim, se recusou a afinar o piano naquele dia. Ou será que foi Kitagawa quem atendera a ligação na loja e recusou?

"Seria possível dar uma olhada agora?"

A minha vontade de ajudar era imensa, e mais do que tudo queria consertar o piano e aquela tecla com defeito. Mas fui sincero:

"Desculpe, mas como ainda tenho pouca experiência, acho que não vou poder ajudar."

"Você ainda não é afinador?", o tom era de clara decepção.

"Sou afinador, sim."

Contive o impulso de continuar: mas, contudo, no entanto... Engoli essas palavras com força. Sou afinador. Sou afinador, sim. Não era hora de ficar dando desculpas.

"Então, por favor, dê uma olhada no piano."

Ela baixou a cabeça com vigor no meio da faixa de pedestre. Sim, era Yuni. Esse seu jeito de ser era exatamente igual ao seu modo de tocar piano.

"Vou confirmar. Você pode esperar só um minuto?"

O sinal estava prestes a mudar. Esperei abrir, atravessei a faixa de pedestre e encostei o carro no acostamento. Liguei para a loja e em poucas palavras expliquei a situação a Kitagawa, que atendera a ligação.

"Posso tentar consertar?"

Kitagawa respondeu tranquilamente:

"Por que não? Tenta."

"Então eu vou. Se precisar, ligo de novo."

"Vou avisar o Yanagi. Como eu sabia que ele tinha um compromisso importante, disse que o conserto ficaria para amanhã."

"Tudo bem. Obrigado."

Então foi mesmo Kitagawa que recusara o conserto naquele dia.

Eu não fazia ideia da importância do ritual de entregar um anel à namorada. Não estou exagerando, eu não imaginava mesmo, de jeito nenhum. Entregar um anel à namorada. Parecia fácil, mas ao mesmo tempo impossível, algo que nunca aconteceria comigo. E achei, sem motivo algum, que Yanagi teria concordado em consertar a tecla antes de encontrar a namorada. Talvez fosse apenas um desejo meu.

Quando desliguei, Yuni já havia se despedido da colega e me aguardava.

"Quer carona?", eu disse abrindo a janela do lado do passageiro, e ela logo entrou no carro.

"É melhor você sentar no banco traseiro. É mais seguro."

"É perto. Vou aqui mesmo. No banco de trás tem muitas coisas."

De fato. O banco traseiro estava ocupado pelas ferramentas de Yanagi e as minhas. Dei a partida devagar. Enquanto afivelava o cinto de segurança, Yuni se virou para trás.

"Tem algo no chão."

O que será? Como não abrimos as maletas, não deveria ser nenhuma das ferramentas de afinação.

"É uma caixinha bem bonita."

Permaneci calado, não fazia ideia.

"Está com um laço", disse Yuni com a voz animada. "Parece uma caixinha de joia."

"Quê!?"

O sinal fechou bem nessa hora. Puxei o freio de mão e olhei para trás. Ela tinha razão. Havia uma pequena caixa embrulhada no chão, sob o banco traseiro. Sem dúvida era de Yanagi. Ele deve ter deixado cair. O que ele estaria fazendo agora? O semblante de Yuni, tenso desde o momento que me fizera o pedido repentino, desanuviara por causa do anel, e intimamente agradeci a Yanagi. Estendi o braço para apanhar a caixinha e a deixei sobre o painel. O laço vermelho-escuro refletiu no para-brisa igual a uma flor.

Logo chegamos à casa de Yuni.

"Cheguei! Trouxe o afinador!"

Nisso, Kazune, a mais velha das gêmeas, saiu do quarto dos fundos.

"Que bom!"

"Íamos ficar angustiadas, passar a noite em claro, se não tocássemos piano hoje, não é?"

"É, íamos mesmo."

Não sabia direito o que significava passar uma noite em claro, angustiado, mas ficar sem tocar parecia algo bem grave para as duas.

Logo abri a tampa do piano e verifiquei o estado do instrumento. Fui pressionando cada tecla, a partir da extremidade, e havia uma que travava e não voltava.

"Ah, isso aqui...", comecei a falar.

"Vai ficar bom?"

"Vai ficar bom?"

As gêmeas disseram quase ao mesmo tempo.

"Vai, sim!"

O problema era no mecanismo que ligava a tecla ao martelo, ele estava duro. Bastava um pequeno ajuste para ficar bom.

"Nessa época do ano, é preciso tomar cuidado com a umidade."

Piano é um instrumento delicado feito de madeira com uma mecânica precisa. Os afinadores sabem que é preciso tomar cuidado com essas coisas. Insistiam muito nisso no curso para afinadores. A escola ficava na ilha principal do país, e diziam para estarmos atentos à umidade sobretudo no outono e no inverno. Se a umidade era alta, a madeira dilatava. Os parafusos afrouxavam. O aço enferrujava. O som mudava facilmente. Mas em Hokkaido era diferente. Assim como na ilha principal, a umidade alterava o som, porém no outono e no inverno era preciso tomar cuidado com o ar seco. Com a falta de umidade.

"Muito obrigada!", as gêmeas disseram em uníssono.

"Acho que agora está bom."

Pressionei a tecla para testar e o martelo se levantou. Trabalho simples.

"Posso tocar para ver como ficou?"

"Claro."

Yuni sentou-se na banqueta à frente do piano. Kazune também. Ah, então era esse o motivo de ter duas banquetas, pensei. Logo começaram a tocar a quatro mãos.

O som preenchia a sala, as notas sobrepondo-se umas às outras, cheias de vida. Eu não fazia ideia do que tocavam, mas uma energia parecia emanar das pupilas pretas, dos rostos avermelhados e dos cabelos balançantes das gêmeas. Uma energia que emanava da ponta dos dedos e depois vertia sobre o piano. E então renascia em forma de música. Sim, havia ali uma partitura, e nela estavam as notas a serem tocadas. Mas, sob as mãos das gêmeas, a música ganhava vida e personalidade. Era tocada para mim, só para mim.

"Fantástico!", aplaudi com toda a força.

Eu dissera algo tão banal. Essa palavra, esses aplausos, não estavam à altura do que acabara de escutar.

"Obrigada!", as duas se curvaram sorridentes.

"É a primeira vez que alguém fica tão feliz vendo a gente tocar."

"É! É a primeira vez."

"Não é mesmo?"

Claro que não era verdade, pensei. Não deve ser verdade. Só estavam sendo modestas.

"É bom receber elogios."

"É mesmo."

Uma delas levou as mãos às bochechas, a outra coçou a cabeça. Aos poucos eu começava a distinguir ligeiramente quem era quem.

"Então, vou indo", quando ia sair, as duas me detiveram.

"Talvez seja o ar ressecado, mas parece que está um pouco desafinado, de maneira geral."

"Dá uma sensação estranha."

As duas falaram ao mesmo tempo. Eu também tinha notado mesmo algo diferente. Mas não chegava a ser uma falha. Achei que não precisava de ajuste. E, ainda que precisasse, não seria eu a fazê-lo. Seria Yanagi.

No entanto, a única coisa que posso dizer é que fiquei tentado. Eu estava extremamente comovido ao ouvi-las tocar. Devo conseguir. Basta ajustar a pequena desafinação para que as gêmeas possam tocar sem nenhuma inquietação. Foi o que pensei.


Cada piano é diferente. Eu sabia disso, mas parecia ter esquecido. Era a primeira vez que eu colocava as mãos nesse piano. O ar da sala estava seco demais e embora não fizesse calor, eu estava suando. Não pensei que estivesse nervoso, mas meus dedos tremiam. Tentava girar ligeiramente a cravelha, mas só conseguia girar em excesso. Tentava ao contrário, e os dedos escorregavam. Gastei tempo demais em algo que, em condições normais, conseguiria realizar sem dificuldades. Só mais um pouco, só mais um pouco, eu pensava, mas não dava certo. Quanto mais tentava, pior ficava, e quanto mais eu me apavorava, mais difícil era ajustar o som. O tempo passava e eu tinha a sensação desagradável de suar cada vez mais. Tudo o que aprendera até então, todo o treino diário que fizera, se dissipara da minha mente.

Nesse momento, senti o tremor do celular no bolso da camisa. Afastei-me do piano e olhei a tela. Era Yanagi. Era a última pessoa com quem queria falar naquela hora e, ao mesmo tempo, a pessoa com quem mais queria falar.

"Oi, sou eu. O anel..."

"Achei", respondi sem esperá-lo concluir.

"Ah, que bom. Estava desesperado." Em seguida, perguntou: "Hmm, que foi, Tomura, aconteceu alguma coisa?".

Seria telepatia?, pensei. Será que ele percebeu que tinha algo diferente em mim? Não podia mais esconder.

"Desculpe, Yanagi. Amanhã de manhã, antes de qualquer coisa, você poderia afinar um piano na casa de um cliente?", reuni toda a energia do meu corpo e curvei-me para Yanagi, que estava do outro lado da linha. "Estou na casa dos Sakura, tentei consertar mas estraguei tudo."

"Tudo bem", respondeu, depois de uns três segundos de silêncio.

Eu estava arrasado. E, acima de tudo, estava mal pelas gêmeas. Elas queriam tanto praticar, e uma delas me trouxe até a casa, mas eu tinha estragado tudo. Sentia muito pelas duas. Elas não podiam mais tocar. Sentia também por Yanagi. Pela loja. Eu tinha tomado a decisão de consertar por conta própria, e tinha causado um desastre. Não poderíamos cobrar pela afinação do dia seguinte.

"Mas...", disse uma das gêmeas. Ela estava no canto da sala e me encarava, em silêncio. Devia ser Yuni. Ela se aproximou do piano.

"Esse som é muito bonito."

PLIIIM. O som da nota Lá estava límpido e claro, bem diferente do que se passava dentro de mim.

"Este aqui também, veja que bonito."

PLIIIM. Ela pressionou a tecla ao lado. PLIIIM. PLIIIM. E continuou a pressionar as teclas adjacentes.

"Talvez pareça indelicado dizer, mas percebi o que você estava tentando fazer. Um som encorpado. É exatamente o que eu queria. Mesmo que não seja exatamente o que você imaginava, eu não fiquei chateada. Acho que faltava pouco, bem pouco, para você conseguir."

Kazune também continuou:

"Eu concordo. Mesmo se ficasse tudo perfeitamente afinado, eu ficaria decepcionada se o som fosse monótono. Também gosto de sons assim, mais ousados."

Ousados? Onde eu havia ousado? Mordi o lábio inferior. Não estava ousando em nada. Eu simplesmente superestimei a minha capacidade.

"Sinto muito", quando me curvei, lágrimas involuntárias quase verteram dos meus olhos. "Amanhã de manhã, o Yanagi... O afinador de sempre virá aqui. Sinto muito mesmo."

"Tudo bem, nós é que insistimos que você viesse."

Desculpando-me mais uma vez, saí da sala. Senti que a bolsa estava mais pesada do que o usual. Não estou preparado. Quem era eu para criticar Akino.

Ao deixar o apartamento das meninas, segui para o estacionamento. Sobre o painel do carro, estava o anel de Yanagi. A temperatura baixou de repente ao anoitecer. O para-brisa embaçava. Dirigi devagar e levei várias buzinadas.

Na loja, encontrei as portas fechadas, mas dava para ver a luz do piso superior acesa. Não era tão tarde ainda, mas normalmente a loja fechava às seis e meia nos dias em que não havia aula de piano. Tomara que não tenha ninguém, pensei.

Entrei pela porta de serviço e subi. As duas bolsas que eu carregava estavam pesadas. Abri a porta torcendo para não encontrar ninguém, mas, justo naquele dia, Itadori estava ali. Talvez tivesse acabado de voltar de um cliente, ainda vestia um casaco que costumava usar para trabalhar. Eu não conseguia encarar aquele homem. Queria tanto ser como ele. Tinha tanta coisa que queria aprender com ele. Mas a minha técnica não chegava nem ao nível de um iniciante. Provavelmente não tinha nada que pudesse aprender com Itadori.

"Olá. Voltando do cliente?", disse Itadori numa voz tranquila.

Hmm, só balbuciei. Se dissesse mais algo, poderia desabar na frente dele.

"Aconteceu alguma coisa?"

"Sr. Itadori", tentei conter a minha voz trêmula. "O que faço para me tornar um bom afinador?"

Que pergunta boba!, pensei logo em seguida. Não conseguia fazer direito nem as coisas básicas, quem diria ficar bom. Nos primeiros seis meses, os funcionários novos aprendiam com os veteranos, acompanhando-os no trabalho. Essa era a regra, eu é que não a seguira, por teimosia. Lembrei da mitologia de Orfeu, que se virou para trás quando faltava pouco, condenando sua falecida esposa ao mundo dos mortos. Será que faltava pouco mesmo? Parecia que sim, mas na verdade acho que ainda tinha uma eternidade pela frente.

"Boa pergunta", disse Itadori, mostrando-se pensativo, mas não sei se ele de fato pensava em algo.

De repente me veio à lembrança o som do piano que ouvi no ginásio do colégio. Foi a busca daquele som que me trouxe até ali. Mas desde aquela época não tinha avançado nem um pouco. Talvez nunca consiga. Pela primeira vez, senti medo. Como se tivesse adentrado numa floresta densa.

"Como faço para...", esbocei.

"Se você quiser", Itadori me estendia a chave de afinação, que servia para apertar e afrouxar as cravelhas do piano. "Quer usar?"

Segurei-a pelo cabo. Era pesada, mas acomodou-se perfeitamente na minha mão.

"Pode ficar."

Provavelmente fiz uma cara enigmática, não entendi o que ele quis dizer.

"Não quer?", ele perguntou.

"Quero, sim!", respondi automaticamente.

A floresta é profunda. Naquele momento, porém, percebi que não tinha a menor intenção de voltar atrás.

"Parece bem fácil de usar."

"Não é só impressão, é mesmo bem fácil de usar. Se quiser, pode ficar com ela. É meu presente para comemorar", disse Itadori com uma voz tranquila.

"O quê?"

Justo num dia como esse. Até onde eu lembrava, era o pior dia da minha vida.

"Quando vi o seu rosto, Tomura, tive a impressão de que tudo começaria para valer a partir de agora. Então quero te dar um pequeno presente para comemorar."

"Muito obrigado", minha voz estava trêmula.

Itadori tentava me encorajar. Eu estava para entrar na floresta, e ele tentava dizer que bastava continuar caminhando.

Sempre desejei segurar ao menos uma vez a chave de afinação que Itadori usava. Várias vezes lancei olhares sorrateiros quando ele fazia a manutenção das ferramentas. Tinha muita curiosidade em saber o que ele usava, como as usava para fazer o piano soar daquela maneira. Nunca imaginei que fosse ganhar uma de presente, numa circunstância assim.

"Posso fazer uma pergunta, sr. Itadori?", eu disse, segurando firmemente a chave de afinação na mão direita. "Que tipo de som o senhor busca?"

Era a pergunta que eu vinha tentando conter havia muito tempo. Queria muito fazê-la, mas achava que não podia ser verbalizada. Eu almejava aquele som, sem o intermédio das palavras. Não sei por que perguntei naquele momento. Era ambição? Ou talvez desespero, querendo qualquer dica que me ajudasse a caminhar pela floresta?

"O som que eu busco?", Itadori mostrava o mesmo semblante sereno de sempre.

Cada pessoa quer um som diferente. Não posso generalizar. Tento observar o gosto do pianista. Depende também da finalidade... Eu procurava adivinhar a resposta dele.

"Tomura, você conhece Tamiki Hara?", disse Itadori.

Tamiki Hara. Já ouvira esse nome. Não era afinador, será que era músico?

"Tamiki Hara diz o seguinte", disse Itadori e pigarreou. "Uma escrita clara e serena, cheia de brilho e repleta de nostalgia. Um pouco sentimental, mas capaz de expressar seriedade e profundidade. Bela como sonho, mas firme como a realidade."

O que era "escrita" nesse caso? De súbito me lembrei.

Tamiki Hara, um escritor. Era um dos nomes que tive que decorar na aula de japonês contemporâneo do ensino médio, nas aulas de história da literatura.

"Era essa a escrita que Tamiki Hara almejava." Senti um arrepio ao escutar isso. É exatamente como o som que considero ideal.

Então Itadori estaria comparando a escrita ao som?

"Desculpe, poderia repetir?"

Queria ouvir mais uma vez, prestando muita atenção.

"Só mais uma vez, tá bom?"

Itadori aprumou as costas da jaqueta um pouco gasta. Pigarreou levemente mais uma vez.

"Uma escrita clara e serena, cheia de brilho e repleta de nostalgia. Um pouco sentimental, mas capaz de expressar seriedade e profundidade. Bela como sonho, mas firme como a realidade."

Ele tinha razão, era exatamente isso. Um som claro e sereno, cheio de brilho, repleto de nostalgia. Um pouco sentimental, mas com seriedade e profundidade. Um som belo como sonho, mas firme como a realidade.

Uma descrição exata do som que Itadori alcançava. O som que mudou a minha vida. Estava naquele lugar porque aquele som tinha me atraído. Desde que o ouvi pela primeira vez naquele ginásio, fiquei mais um ano e meio no colégio, até me formar. Depois passei dois anos no curso de afinação e fazia seis meses que trabalhava na loja. Quatro anos haviam se passado, e finalmente estava ali. A única coisa que me restava era prosseguir a caminhada a partir daquele ponto. Passo a passo, com persistência.

"Oh!", Itadori olhou para a porta. Logo em seguida ela se abriu e surgiu Yanagi.

"Yanagi", eu disse.

Ele se aproximou a passos largos com cara de irritado e agarrou a alça da maleta de rodinha que eu trouxera.

"Vamos", ele disse.

Para onde?, ensaiei perguntar. Mas sabia a resposta. Apressei-me em apanhar a minha bolsa com as ferramentas.

"Mas, Yanagi, você não tinha um assunto importante...", fui interrompido.

"De qualquer forma, esqueci o anel. Vim buscar. Vou voltar. Mas antes vamos resolver o problema rápido."

Não era um problema a ser resolvido rápido. Yanagi sabia muito bem disso.

"Sinto muito."

"No começo, todos entram em pânico. É normal. Você só se afobou um pouco, Tomura", Yanagi disse e acenou com a cabeça para Itadori, em sinal de despedida.

Justo hoje, que ele queria voltar direto para casa, sem passar na loja, porque tinha um compromisso importante.

Segurei a bolsa na mão direita e a chave de afinação na esquerda e segui Yanagi. Ao me virar para me despedir de Itadori, ele já estava polindo uma ferramenta com todo zelo, com as mangas arregaçadas e os botões da jaqueta desabotoados.

# 5

Com uma agulha, ele perfurou uma, duas vezes, a ponta do martelo revestida em feltro.

Ao perfurar mais algumas vezes com todo cuidado, mas sem hesitar, Yanagi colocou o martelo de volta em seu lugar, com destreza. Logo passou para o martelo seguinte, e o perfurou uma, duas, três vezes. Ao seu lado, eu contava quantas vezes ele perfurava, mesmo sabendo que não era isso o mais importante. O alinhamento, o sentido, o ângulo, a profundidade, isso sim importava.

A cliente de hoje disse que queria tocar o seu antigo piano mais uma vez. Fazia tempo que não recebia manutenção... Mostrou-se receosa. No entanto, a parte externa estava bem lustrada e o instrumento se acomodava perfeitamente na sala silenciosa. Era um piano de armário de uma fabricante nacional que não existia mais. Ninguém mais o tocava nem afinava, mas a poeira era espanada todo dia, durante a limpeza, e vez ou outra era cuidadosamente lustrado. Dava essa impressão. O piano ainda tinha um ar exuberante.

Quando Yanagi e eu chegamos à sua casa, a cliente, uma senhora de idade, perguntou com reticência:

"Este piano vai voltar a ser como antes?"

Yanagi prometeu com um aceno:

"Vamos fazer o possível."

Ele não prometera devolver o instrumento ao que era antes. Prometera fazer o possível. Enquanto não abrir a tampa e ver o estado do piano, não dava para saber se era possível devolver ao estado original. Se ao abrir e verificar que o interior está muito deteriorado, o que não se vê só por fora, afiná-lo não será suficiente e talvez seja necessário uma grande manutenção.

Mas a cliente parecia satisfeita com a resposta de Yanagi. Ela inseriu a chave de latão no buraco da fechadura e a girou fazendo *clic*.

O teclado de marfim estava meio amarelado. Yanagi pressionou algumas teclas. Os sons estavam abafados, bem desafinados. Mas o estado geral do instrumento não era tão deplorável quanto imaginávamos. Yanagi tocou duas oitavas com as mãos, removeu rapidamente os parafusos na frente da cliente, retirou o painel frontal e o deixou no chão. Depois de avaliar o estado das cordas e dos martelos, virou-se sorrindo.

"A senhora perguntou se o piano vai voltar a ser como antes, não foi?", Yanagi perguntou com delicadeza.

Vendo a cliente concordar, ele continuou:

"Vai voltar, sim. Acho perfeitamente possível que volte a ser como antes. No entanto, caprichando um pouco mais, creio que vai soar ainda melhor do que antes."

E acrescentou:

"Claro, é a senhora quem decide. Se prefere o som como era ou se quer algo novo."

A cliente alisou o cabelo grisalho, um pouco pensativa.

"Eu posso escolher?", perguntou hesitante. "Posso mesmo escolher?"

"Claro que pode. A senhora pode escolher o som que achar melhor."

Ao ouvir essa resposta, ela esboçou um sorriso mais tranquilo.

"Então prefiro que volte a ser como antes."

"Está bem."

Assim dizendo, Yanagi fez mais uma pergunta:

"Quem tocava o piano?"

"A minha filha. Mas ela parou antes de conseguir tocar bem. Acho que não levava jeito, pois nem eu nem meu marido tocamos." Ela continuou baixinho: "Na época que ela tocava piano, não pude dar muita atenção. Acho que este piano nunca conseguiu mostrar seu verdadeiro som. O senhor disse que ele pode soar melhor, mas peço que volte ao que era antes. Dá pena, imagino".

Eu balancei a cabeça atrás de Yanagi. Ela não deveria pensar assim. Cada pessoa deseja um som diferente. Eu compreendia o desejo de deixá-lo como na época que a filha tocava piano.

"Então vamos começar o trabalho. Deve demorar de duas a três horas. Pode agir normalmente, sem se importar conosco. Se tivermos alguma dúvida, chamaremos a senhora."

Yanagi se curvou, e fiz o mesmo ao lado dele.

Depois que a cliente se afastou, Yanagi começou a trabalhar. Além da afinação habitual, tinha de fazer ajustes para alcançar o som desejado.

Ele retirou a mecânica do instrumento com todos os martelos enfileirados. Quando uma tecla é pressionada, o respectivo martelo é ativado, golpeando a corda e produzindo o som. É assim o mecanismo do piano. O martelo é revestido por um feltro de lã de ovelha, que não pode ser nem duro nem macio demais. Se o feltro é muito duro, o som fica estridente, e se é muito macio, fica abafado. Para regular os martelos, é preciso desgastá-los com uma lima fina ou perfurá-los com agulha para aumentar a elasticidade.

Justamente por sua importância, era difícil. O desgaste com a lima e a perfuração com a agulha exigiam precisão. Havia o ponto certo para desgastar e o ponto certo para espetar a agulha, e a medida certa só podia ser aprendida com prática. Cada martelo se encontrava em um estado único, que por sua vez pertencia a um piano que também era único. O trabalho demandava tempo e dedicação. Ao errar, o martelo poderia não funcionar mais. Deve ser estressante, pensei. Mas, ao mesmo tempo, deve ser empolgante.

Um dia também quero trabalhar como Yanagi, foi o que pensei enquanto observava as mãos dele. Entender as peculiaridades do piano, levar em consideração a personalidade de quem toca, ouvir suas preferências e criar uma sonoridade específica.

O trabalho de Yanagi era encantador. O som se tornava leve, sem ser excessivamente ostensivo. Com certeza a personalidade do afinador influenciava o som do piano.

"Ficou muito bom", disse a cliente com os olhos semifechados, assim que ouviu o piano afinado. "O som voltou a ser como antes e a sala até parece que ficou mais iluminada."

Fiquei feliz ao ouvir o elogio. Embora o mérito não fosse meu. Ficar feliz só de constatar que o som do piano melhorou era como ficar feliz ao ver o desabrochar de uma flor na beira da estrada. Independente de ser seu piano ou não, ou a flor de quem seja, alegrar-se com as coisas belas e boas: essa deve ser a alegria genuína. Um dos fascínios da nossa profissão era presenciar momentos como aquele.


"Você espetou a agulha mais do que o normal, não foi?", perguntei no carro ao voltarmos para a loja.

Um pouco cansado, Yanagi estava recostado no banco do passageiro. Era compreensível, afinal ele trabalhara concentrado por quase três horas.

"Era para compensar o tempo que ficou sem manutenção?", perguntei meio constrangido, pois sabia que Yanagi estava cansado. Mas era mais forte que eu. Estava com as mãos no volante, mas no fundo queria anotar a resposta dele. Era incalculável o aprendizado que ele me proporcionava.

"Você usou mais a agulha para restaurar o som do piano, não foi? Já havia marcas de furos anteriores nos martelos? Eu não percebi a olho nu, mas você percebeu com o toque?"

Yanagi permaneceu encostado no banco e olhou para mim movendo só os olhos.

"Não, não tinham nenhum furo. Apesar de os martelos serem mais ou menos velhos, pareciam novinhos em folha. Pelo jeito, o afinador anterior não era de furar o feltro."

"Ah."

Alguns afinadores costumam perfurar o feltro com agulha, mas outros, não. Dependia bastante do profissional. Quando um feltro novinho em folha era perfurado, o som estridente costumava se tornar mais brando e encorpado. No entanto, caso erre a posição, além de o piano não produzir um bom som, também se deteriorará precocemente. Como esse risco era alto e o trabalho era árduo, muitos afinadores preferiam não perfurar.

"Então por que você espetou a agulha mais do que o normal?"

"Porque eu sabia que, assim, o som melhoraria."

Assustado, observei o rosto de Yanagi.

"Achei uma pena aquele piano permanecer naquele estado. Ele precisava de mais ressonância", disse de forma impassível.

"Mas se o som muda, não vai ser como antes."

"É, se você comparar só a sonoridade, não será."

Mas a cliente tinha solicitado que o piano voltasse a ser como antes.

"A questão é o que entendemos por 'voltar a ser como antes'. Mais do que o som que a cliente guarda na memória, o mais importante não é o que ele evoca? A lembrança feliz da filha pequena tocando piano."

Quem garante que eram felizes?, pensei. Mas, pensando bem, se a cliente tivesse só lembranças infelizes, não desejaria recuperar o som de antigamente.

"O que a cliente queria não era um piano exatamente igual ao que tinha antes. Mas a lembrança feliz daquela época. De qualquer forma, aquele som não existe mais em lugar nenhum. Nesse caso, a melhor solução era trazer o som natural e original do piano. Se ele soar de forma agradável, as recordações virão à tona."

Permaneci com as mãos no volante, sem conseguir emitir nenhuma palavra. Não sabia se aquela fora a melhor solução. Se fosse eu, como teria agido? Talvez tivesse respeitado a decisão da cliente e priorizado recuperar o som. Mas, ao me ater apenas ao antigo som, deixaria escapar a oportunidade de recuperar o fascínio do som original do instrumento... Só de pensar nessa possibilidade, senti um aperto no coração.

Sim, devia ser muito frustrante realizar o trabalho só como querem os clientes. Materializar a imagem que o cliente tem em mente: a essência do trabalho do afinador não estaria além disso?

"Eram bons martelos", disse Yanagi num tom alegre.

"Também percebi. O feltro era duro, mas consegui sentir a textura da lã."

Os martelos revestidos por lã golpeiam as cordas de aço. E assim surge a música. Os martelos brancos que Yanagi ajustou com cuidado certamente cumprirão sua função de forma precisa, apesar de serem velhos e pequenos.

"Uma vez ouvi dizer que, em algum país do Oriente Médio, a ovelha simboliza a prosperidade", eu disse.

Yanagi cruzou as mãos e as ajeitou atrás da cabeça, como se fossem um travesseiro.

"Não era porque as pessoas ricas podiam ter mais ovelhas?"

"Ah."

Por ter crescido perto de uma fazenda de ovelhas, eu talvez também tivesse o hábito inconsciente de considerar os rebanhos por seu valor comercial. Mas nesse momento em que pensava nas ovelhas, eu as imaginava pastando tranquilamente ao vento, num campo verdejante. Ovelhas de boa qualidade produzem sons de boa qualidade. Isso sim é prosperidade, pensei, embora deva existir alguém que, ao pensar em prosperidade, imagine uma paisagem urbana cheia de imponentes arranha-céus.

# 6

As gêmeas começaram a aparecer na loja de tempos em tempos. Às vezes juntas, às vezes sozinhas. Costumavam ir depois das aulas e ficar na seção de livros consultando as partituras ou as obras relacionadas ao piano. A loja ficava no meio do caminho entre a escola e a casa delas.

Pareciam ter se simpatizado comigo depois que falhei em afinar o piano delas. Não pareciam ter algo em especial para fazer na loja. Quando me encontrava com elas por acaso, conversávamos sobre piano ou assuntos triviais relacionados à escola, e então iam embora sorridentes.

"Desculpe ter atrapalhado seu trabalho", diziam na despedida.

"Como são graciosas", disse Kitagawa vendo as meninas se curvarem.

"Como você é sortudo, ser afinador em uma casa de estudantes."

Na verdade, o afinador oficial era Yanagi. Eu só o acompanhava. E ainda tinha falhado uma vez.

Um dia, fui chamado pela recepcionista da loja, o que era raro de acontecer. Ao descer até a recepção, deparei com as gêmeas. Para ser exato, com uma delas. Não conseguia identificar qual delas era, à primeira vista. Ao me notar, ela se curvou com uma fisionomia séria.

"Olá. Desculpe incomodar durante o trabalho."

"Tudo bem."

Era Kazune. Só ela tinha uma expressão tão séria assim. De súbito, baixou a cabeça pedindo perdão.

"Desculpe de verdade. Eu sempre venho incomodar."

"Não, tudo bem. Aconteceu alguma coisa?", perguntei.

Ela cerrou firmemente os lábios.

"Sabia que você me escutaria, Tomura. Desculpe", desculpando-se mais uma vez, continuou: "Vamos ter um recital em breve".

"Ah, é?"

"Yuni não comentou?"

Yuni passara na loja alguns dias antes, mas não comentara nada. Ao ver que eu balançava a cabeça, Kazune desviou o olhar para baixo.

"Ela sempre foi assim, desde pequena. É destemida e não fica intimidada nem mesmo em recitais. Acho que, para ela, o importante é se divertir, e tocar do jeito dela, alegre, livremente. Quando não tem vontade, tem dia que nem pratica. Eu não consigo ser como ela, e acabo praticando todo dia, mesmo não querendo."

"Que incrível."

"É, Yuni é incrível", Kazune concordou.

"Não, você que é incrível, Kazune", fui sincero.

"Não, não sou", ela negou de pronto.

É possível praticar piano mesmo sem vontade? Como não toco, não posso dizer. Mas se Kazune consegue, mesmo não querendo, isso é incrível.

"Eu gosto de praticar, só isso. Fico feliz quando consigo tocar uma música que não conseguia tocar antes. Quando eu toco em casa, a minha família e a professora de piano me elogiam."

Kazune falou sem alterar o tom de voz. Não parecia falta de modéstia. Provavelmente era o seu jeito de encarar as coisas. E devia ter razão, não se toca piano para receber elogios.

"Mas, no recital, Yuni se sai melhor. Ela toca melhor. Apesar de eu ser melhor nos ensaios. Por exemplo, quando participamos de recitais ou pequenos concursos, Yuni recebe mais aplausos do que eu."

Eu conseguia entender por quê. O jeito de Yuni tocar era mais fácil de apreciar e atingia direto o coração das pessoas.

Logo me lembrei do meu irmão, dois anos mais novo. Quando jogávamos *shogi* em casa, eu sempre ganhava dele, mas nos campeonatos da cidade ele acabava vencendo. Não que ele pegasse leve em casa. Mas algumas pessoas se dão bem quando é para valer e têm mais sorte nos campeonatos.

"Mas você acaba errando nas apresentações?"

"Não", Kazune estufou o peito com orgulho. "Yuni consegue se sair um pouco melhor. Ela é boa quando é pra valer. Tem brilho. Quando está no palco, consegue mostrar sua força e tocar de um jeito que conquista o coração da plateia."

"Então tudo bem, não é? Não significa que você, Kazune, não consegue mostrar sua força verdadeira, e Yuni sim. Você consegue tocar, do seu jeito. Não tem problema, não é?"

Kazune arregalou os olhos e me encarou por um tempo. E então pestanejou algumas vezes.

"Você tem razão", assim dizendo abriu um sorriso, com as extremidades dos lábios. "Não significa que eu não consiga mostrar a minha capacidade nos recitais. Por isso não há por que me preocupar."

Para ser sincero, eu cheguei a odiar o meu irmão. Tinha inveja dele, que no momento crucial sempre se saía melhor do que eu. Mas fingia não me importar. Porque, se começasse a pensar em coisas inúteis, como ter sorte ou não, talento, coisas assim, acabaria não vendo as coisas que são importantes de verdade.

"Muito obrigada. Desculpe mesmo incomodar durante o trabalho", assim dizendo, ela se curvou duas vezes e foi embora.

Meu desejo era que Kazune não sentisse inveja da irmã. Quem sofria mais era quem sentia inveja, e não a pessoa invejada.

Quando ia subir as escadas para voltar ao escritório, Yanagi, que acabara de voltar de um cliente, me alcançou.

"Era a Kazune, não era?", disse Yanagi com uma voz bem-humorada.

Ele devia ter cruzado com Kazune quando ela saía.

"Você consegue distinguir quem é quem?"

Yanagi, que estava com a maleta de rodinha, inclinou a cabeça com cara de quem não entende.

"Hã? Do que você está falando, Tomura?"

"Ah, você frequenta a casa das duas desde quando elas eram pequenas."

"Tomura, quantos anos você acha que eu tenho? Quando as duas eram pequenas, eu também era jovem."

"Desculpe."

A diferença de idade entre as gêmeas e eu era de três ou quatro anos, então entre elas e Yanagi deveria ser de uns dez anos. Quantos anos será que elas tinham quando Yanagi começou a afinar o piano na casa delas? Quando eu pensava nessas coisas, Yanagi disse:

"O uniforme é diferente."

"Quê?"

"Mesmo que o rosto seja igual, o uniforme é diferente. Qualquer um consegue distinguir", ele disse. "Não me diga que você não tinha percebido."

"Ah, agora que você falou..."

Yanagi tinha um sorriso sarcástico nos lábios.

Só então me dei conta de que o uniforme delas era diferente. Uma vez, as duas me disseram que não frequentavam a mesma escola. Kazune disse que era porque a irmã tirava notas melhores, e Yuni disse rindo que a irmã só pensava em tocar piano.

"As nossas notas são praticamente iguais. Só que eu sou melhor em matemática. Se você se esforça ao máximo no início, entende tudo depois. Mas Kazune só quer saber de tocar piano, então..."

Gêmeos univitelinos são iguais não só na aparência, mas compartilham a mesma carga genética. Por isso não dá para saber o que causa as pequenas diferenças. Mas ser boa ou não em matemática, ou o tipo de amizade que se tem no colégio, são coisas que acabam refletindo na fisionomia e no comportamento. E no piano também, claro.

"Você dá tanta atenção às gêmeas, mas nem tinha notado que o uniforme delas é diferente? Que engraçado."

Não dou atenção especial às meninas. Simplesmente gosto do jeito que elas tocam.

"Estou ansioso para saber como será o futuro delas", ele disse, por fim.

Eu também. Muito. Sobretudo em relação ao piano.

# 7

Passou-se um ano desde que eu tinha começado a trabalhar na loja. Depois de mim, não entrou nenhum funcionário novo, então continuei sendo o novato. Como a loja era pequena, seria de se estranhar que entrasse alguém novo dois anos consecutivos, mas fiquei aliviado quando soube que não haveria nenhuma contratação nova. Não sei como reagiria se o funcionário novo fosse mais competente do que eu. E sem dúvida a maioria dos afinadores recém-formados deveria ser.

Eu continuava tendo dificuldades para afinar as notas. Para ser mais exato, eu até conseguia, mas não ia muito além. Criar um tipo de som. Nessa parte crucial, eu ficava perdido, sem saber o que fazer.

"Você fecha os olhos e decide", Yanagi me aconselhou.

Eu demorava para entender as coisas. Tinha que pedir para repetir.

"Decidir assim? 'É este!' e pronto?"

"Não, não é decidir de qualquer jeito, no desespero. Não é isso que quero dizer quando falo em fechar os olhos." Então ele me explicou com toda a paciência: "Por exemplo, dizem que os cozinheiros ficam sérios quando provam a comida, não é? Eles inspiram profundamente, fecham os olhos, provam e decidem. O afinador também, se não decidir o som de uma vez, vai continuar indeciso por muito tempo".

Fechar os olhos… eu anotei.

"Não, tem gente que não fecha os olhos. Eu mesmo não fecho", Yanagi se apressou em corrigir.

"Então quem fecha os olhos?"

"Não sei. Bom, o que quero dizer é: fechar os olhos, apurar os ouvidos e decidir o tipo de som. É uma espécie de metáfora."

Acrescentei o M de metáfora na minha caderneta. Yanagi usava muitas metáforas. Se fechar os olhos era mais uma delas, então nada o que dizia era literal?

"Oh! Hoje vou visitar escolas o dia inteiro", Yanagi se levantou.

Pelo jeito, ele iria afinar os pianos das escolas do distrito. Nossa área de clientes era ampla. Muitas escolas ficavam a uma distância de duas horas de carro. Por isso, aproveitava-se a viagem para visitar creches e centros comunitários próximos para afinar seus pianos. Seria um dia árduo.

"Hoje vou visitar a casa de um cliente. Vou fechar os olhos e dar o melhor de mim."

"Está bem. Um dia, você pode ficar com todas as escolas onde afino."

No momento, não tinha nenhuma condição. Mas um dia, talvez. Um dia, quero poder afinar os pianos de todas as escolas. Para que sejam ouvidos pelas crianças que conhecem o instrumento pela primeira vez em uma sala de música ou no ginásio.

Algumas vezes por semana eu visitava a casa de clientes. Mas quando se tratava de um piano com problemas ou sem manutenção por vários anos, Yanagi era o designado. Eu o acompanhava apenas para observar. Era habitual um afinador no segundo ano de carreira, mais competente, ser enviado à casa de clientes um pouco mais complicados, o que não acontecia comigo. Melhor assim, pensava, mesmo sabendo que acabava sobrecarregando meus colegas mais experientes. Nada dava mais pena do que um piano sendo afinado por alguém despreparado.

Quando pensava em me preparar para sair, o telefone tocou.

Atendi, e era Kitagawa. Ela era a secretária que trabalhava no escritório, era bonita e tinha uns trinta anos, mas até Yanagi me dizer isso, eu não havia notado. Devia ser mesmo bonita. Quanto à idade, não fazia ideia. A mesa dela ficava bem na entrada do escritório. Quando levantei o rosto, percebi que estava olhando para mim.

"A sra. Watanabe, a cliente que você ia visitar hoje de manhã, pediu para cancelar. Pode remarcar para o mesmo horário daqui a uma semana?"

"Pode, sim. Estou disponível."

Desliguei o telefone e fiz uma marcação no calendário de mesa. Risquei o nome de Watanabe naquela manhã, e escrevi o nome dela na linha de baixo, exatamente dali a uma semana. No calendário havia várias marcas de cancelamento. Era comum o agendamento ser adiado.

"Foi cancelado?", Yanagi, que estava saindo, perguntou virando-se para mim. "Cancelaram em cima da hora, era para hoje de manhã?"

Afinar um piano na casa de um cliente demorava cerca de duas horas. E era sempre com agendamento. Costumava ser feito só uma vez por ano, mas era frequente os clientes alterarem as datas ou se esquecerem. Devia incomodar ter um estranho em casa durante duas horas. Eu até entendia o que eles sentiam. Mas, quando cancelavam de última hora, eu sentia pena do piano, pois dava a impressão de que não era tratado com a atenção que merecia.

Bastava o piano. Não havia necessidade de ter alguém ao lado o tempo todo enquanto se afina o instrumento, e não havia problema em ligar o aspirador de pó ou a máquina de lavar roupa, pois esses ruídos do dia a dia não atrapalhavam.

"Tem até clientes que acham que não podem nem cozinhar enquanto trabalhamos", disse Yanagi.

"O que tem a ver?"

"Eles acham que o cheiro atrapalha a audição."

Talvez isso acontecesse de fato.

"É melhor avisar o cliente com antecedência que, enquanto se afina, ele pode continuar fazendo tudo normalmente. E que não precisa se preocupar com nada. Mas, para falar a verdade, quando toca o telefone atrapalha um pouco, porque a frequência do som é igual."

"Outro motivo comum de cancelamento é dizer que não tiveram tempo de limpar a sala do piano, não é?", Kitagawa se levantou da sua mesa e se aproximou de mim. "Não precisam limpar a sala, mas deveriam evitar mudanças no agendamento."

Eu não me incomodava com sala suja. Mas na casa que visitei na semana anterior havia tanto entulho no chão que não sabia onde colocar as tampas e as peças que removera do piano. As inúmeras roupas abarrotadas no chão absorviam o som, alterando a ressonância. Fiquei chocado.

Ao me ver sem reação, Yanagi disse rindo:

"Tomura parece gostar de limpeza."

Enquanto conversávamos de pé, Itadori passou ao lado carregando uma mala.

"Cancelaram?", ele perguntou.

"É."

Então Itadori perguntou, com bastante naturalidade:

"Se está com tempo livre, quer vir comigo?"

Não acreditei no que ouvia. Ele ia à sala de concerto. Itadori ia afinar o piano da sala de concerto.

"Vou, sim!", respondi animado. "Vou me preparar agora mesmo!"

Um virtuose alemão, conhecido como um mago do piano, estava em turnê no Japão. Eu sabia que o concerto seria no dia seguinte e que Itadori era o responsável pela afinação do instrumento. Esse pianista ia fazer só alguns concertos no Japão, então por que resolveu ir à nossa cidadezinha no norte do país? Eu não sabia, estava ansioso para assistir. Teria oportunidade de escutar ao vivo aquele timbre que escutara tantas vezes no CD. Era a primeira vez na vida que eu tinha comprado ingresso para um concerto.

Eu me arrumei às pressas. Não devo precisar de ferramentas. Ou será que é melhor levar? Não, só vai atrapalhar. Mas ir de mãos abanando... Devo sim levar as ferramentas para caso de emergência. Não, não, basta carregar a bolsa de Itadori. Imprescindíveis são o caderno e a caneta para fazer anotações.

Akino, que estava à mesa de frente para mim, disse algo.

"Hã?", perguntei.

"Parabéns", ele disse.

Ele não estava com a fisionomia séria. Ele disse aquilo com a voz de sempre, com um semblante tranquilo, como se realmente tivesse motivo para me felicitar.

Pelo jeito ele me tratara de forma evasiva no começo porque tínhamos poucas oportunidades para conversar. À medida que foi se acostumando comigo, acho que foi soltando a língua e passou a falar o que pensava. Mais do que ouvir o que ele realmente pensava, me deixava perplexo o fato de os comentários dele sempre irem direto ao ponto.

Parabéns. Sim, ele estava certo. Não podia fazer nada além de carregar a bolsa de Itadori, mas eu estava feliz por poder acompanhar o trabalho. Só pelo fato de ele ter me chamado para acompanhar já me deixava contente. Sim, era motivo para cumprimentos.

Resolvi não ligar muito. Não adiantava ficar pensando naquilo. Era uma oportunidade inesperada poder presenciar Itadori afinando um piano a ser usado num concerto de um virtuose.

Levantei-me e escrevi o nome da sala de concerto no quadro de compromissos.

"O que o Tomura vai fazer lá? Vai ter alguma utilidade?", Akino disse alto o suficiente para que eu conseguisse ouvir.

Em todo lugar há gente desagradável que faz comentários que magoam as pessoas. Conheci gente assim no vilarejo da montanha e no colégio da cidade. E também entre os clientes e entre os funcionários do escritório. Não adiantava nada ficar incomodado com eles. Tentei me convencer disso, mas o que ele disse fazia sentido. Justamente por isso eu tinha de contestar.

"Daqui a cinco anos", esbocei, mas logo em seguida corrigi: "Desculpe, daqui a dez anos. Vou estudar para ser um bom profissional daqui a dez anos".

"Estudar? Daqui a dez anos?", disse ele com desdém, fungando.

# 8

Ao abrir a porta da sala de concerto, tive a sensação de que a pressão atmosférica lá dentro era diferente. Uma floresta. Era como se estivesse numa floresta. Nada soava da mesma forma depois que entramos no prédio. Até o ar circulava de um modo diferente.

Com a permissão do responsável pelo local, fui até os assentos do meio da plateia central. Queria observar o piano posicionando-me bem de frente para o palco.

"Boa ideia", Itadori disse concordando com a cabeça. "É bom você ver, sem pré-julgamentos, como o público enxerga o piano."

Ali da plateia, o piano disposto na extremidade do palco, sem nenhuma iluminação, parecia uma paisagem. Era lindo só de estar lá. Sem chamar a atenção. Como se dormisse em silêncio.

"Vou subir pelos bastidores. Você pode subir pela frente, Tomura", disse Itadori, como se pedisse permissão para o responsável.

Ar silencioso, temperatura e umidade controladas. Tanto as paredes como o teto eram revestidos por ripas de madeira. Como as ondas de som se propagam por elas? Caminhei passo a passo imaginando como seria. Ao chegar ao palco, não tirei os olhos do piano. Quando subi a escadaria lateral, deparei com Itadori, que já se preparava para abrir a tampa do instrumento, apoiando no chão a bolsa com as ferramentas.

De pé, ele tocou uma oitava com as duas mãos.

Aquele piano, que há poucos minutos era uma paisagem, começou a respirar.

Enquanto cada uma das notas era afinada, o piano levantava gradualmente seu corpo massivo e estendia os braços e as pernas, até então encolhidos. Estava se preparando para começar a cantar, prestes a abrir as asas. Sua presença era diferente da presença de todos os outros pianos que eu já tinha visto. Lembrava a imagem de um grande leão se levantando devagar momentos antes da caça.

O piano de uma sala de concerto era uma criatura de outra espécie. Eu não sabia explicar de outra forma. O som dele estava a anos-luz do som dos pianos das casas dos clientes que eu conhecia. Manhã e noite. Tinta e lápis. Tão distintos assim.

Senti o suor na palma das minhas mãos. Estava diante de um piano completamente diferente dos que vira até então. Deixar o piano da casa de um cliente em seu melhor estado não era comparável a levar o piano de uma sala de concerto à sua perfeição.

Fiquei ali em pé, paralisado. Nos últimos tempos eu me sentia mais confortável trabalhando com pianos, mas naquele momento me senti mais distante do instrumento do que nunca.

Itadori pressionava uma tecla, ouvia o som com atenção e pressionava de novo. Apurava o ouvido como se analisasse a natureza de cada nota e a ajustava com a chave de afinação.

Estava se aproximando. Não sabia o quê. Meu coração pulsou mais forte. Pressentia algo bem grande aproximar-se.

Avistei uma montanha com um declive suave. Era a paisagem que eu via da casa onde nasci e cresci. A montanha ficava lá, e no dia a dia eu nem tinha consciência dela, não prestava muita atenção. Mas às vezes ela parecia excepcionalmente viva, como nas manhãs após as tempestades. Nesses momentos eu reparava tudo: a terra, as árvores, a água que corre, os capins, os bichos e o vento a soprar.

De repente um ponto daquela paisagem ficou mais nítido. Tive a sensação de vislumbrar, no meio da montanha, uma árvore de folhas verdejantes a farfalhar.

Era o que acontecia naquele instante. No começo eram apenas notas. Mas assim que Itadori afinou o piano, elas adquiriram brilho. Propagavam-se em cores vívidas. Se entrelaçavam e juntas formavam um único som. Como o piano produzia essas sonoridades? As folhas viraram árvore, a árvore, uma floresta, e a floresta, uma montanha. Ali, eu via as notas se transformarem em som, e o som, em música.

Percebi então que eu não passava de uma criança perdida em busca do divino. Não havia me dado conta antes de que estava perdido. Em busca do divino ou simplesmente de um caminho? Mas me encontrei, pois o que buscava era aquele som. Só agora percebia isso. Enquanto ele existir, eu viverei, foi o que pensei. Lembrei da sensação de liberdade que eu experimentara dez anos antes, no meio de uma floresta. Apesar de preso ao meu corpo, me senti completamente livre. Os deuses daquele mundo onde eu estava eram as árvores, as folhas, os frutos e a terra. E nesse momento, esses mesmos deuses eram o som do piano. Aquele belo som que me guiava.

Se eu continuava em busca de um caminho, era porque dentro de mim eu conhecia o divino. Nunca tinha visto os deuses. Não sabia onde se encontravam. Mas existiam, com certeza. Por isso eu conseguia ver beleza nas coisas. Isso me deixava pleno de alegria. E "pleno de alegria" não era suficiente para descrever o que eu sentia. Alegria em poder estar ali. Um sentimento contraditório — sair para um campo aberto e ao mesmo tempo estar em um beco estreito sem saída. Pressentir uma alegria que pode vir e partir a qualquer momento. E enquanto tiver consciência disso, não fará diferença onde eu esteja.

Quando saí da sala de concerto, já estava escurecendo. Itadori também estava indo embora, pois tinha de se preparar para o concerto do dia seguinte. Ele precisava fazer os últimos ajustes, e havia ainda o ensaio do pianista. E depois viria o concerto. O afinador ficava nos bastidores durante a performance, observando o piano e o pianista. Itadori teria um dia árduo de trabalho desde cedo.

Caminhamos lado a lado até o estacionamento. Não me ocorreu nada que pudesse dizer. Eu estava em silêncio, empolgado e ao mesmo tempo calmo, eu achava. Pelo menos o suficiente para poder dirigir.

Enquanto afivelava o cinto de segurança, finalmente consegui dizer algo:

"Foi incrível."

Itadori se virou para mim e sorriu.

"Fico feliz em ouvir isso."

Mas ao parar o carro ao sair do estacionamento, antes mesmo de atravessar a calçada, não consegui mais acelerar. Um dia... não podia acreditar que seria capaz. Ainda faltava muito.

"Por que o senhor me contratou, sr. Itadori?"

A decisão final era do dono da loja, eu sabia disso. Itadori não era responsável pela decisão. Mas, se fui admitido na loja de instrumentos Etô logo ao me formar na escola profissionalizante — instituição recomendada por Itadori —, era provavelmente porque ele tinha me indicado.

"Foi por ordem de chegada."

"Como?"

"Ordem de chegada. A loja sempre contratou dessa forma."

"Ah..."

Estava desconfiado. Ordem de chegada. Então afinal era isso. Não fui admitido por ser competente, por ter possibilidade de crescer, por motivos assim.

Soltei lentamente o pé do freio.

"O importante é não desistir", Itadori disse com calma quando o carro já estava na estrada.

Do quê?, quis perguntar. Mas engoli a pergunta. Não vou desistir. Mas já estava ciente de que, mesmo sem desistir, não seria capaz de chegar muito longe, até onde eu gostaria.

Itadori não disse mais nada. Ele olhava para a frente em silêncio, sentado no banco do passageiro. Eu também dirigia calado.

Tive de desistir de muitas coisas na minha vida. Nasci e cresci num vilarejo remoto no meio das montanhas. A minha família não era próspera. Muitas vezes não tínhamos os privilégios que as crianças da cidade tinham como se fossem a coisa mais natural do mundo. Ainda que não tivesse intenção de desistir, muitas coisas já me foram privadas.

Eu não encarava, entretanto, como um infortúnio. Quando não se sabe desde cedo o que é desejar algo, não é doloroso. Difícil é querer algo e não poder ter, sabendo que está ali, diante dos seus olhos.

Mas tem uma coisa que demorei muito para desistir: tentar entender as pinturas. Quando frequentava a escola primária no vilarejo, uma vez por ano íamos de ônibus ao museu da cidade grande. Era uma daquelas visitas culturais. Que bonito, que engraçado, eu pensava vendo as pinturas, mas só isso. Não conseguia ir além. Achava bonito, mas não tinha outras impressões, não compreendia o verdadeiro valor da arte. O professor falava para a gente escolher uma pintura preferida, mas eu tinha receio de escolher errado. Quando apreciava uma pintura pensando: gosto das suas cores delicadas, gosto da sua atmosfera... eu sentia que estava cometendo um erro.

Talvez não houvesse, porém, nenhum problema em ver as pinturas dessa forma. Talvez não fosse um problema pensar: gosto dessa pintura, aquela me proporciona uma sensação agradável. É inútil se atormentar por não compreender algo. Então eu desisti: não entendo mesmo de pintura, é bobagem fingir que entendo.

Só aos dezessete anos percebi que tinha acertado em desistir. Foi quando tive o primeiro contato com piano e tive vontade de gritar. Era essa sensação espontânea de abalo no coração que eu inconscientemente buscava.

Os nossos gostos mudam com o passar do tempo. Naquele momento, quando escutei Itadori afinando o piano do ginásio, percebi de imediato que era aquilo que eu desejava. Não havia porque achar que fosse difícil. Quando se fica assim na dúvida, a pessoa não deseja de verdade. Vi que era bobagem tentar convencer a mim mesmo que precisava gostar de algo que eu não entendia.

"Não vou desistir", murmurei, quase em silêncio. Não tinha motivos para desistir. Eu sabia exatamente o que devia e o que não devia fazer.

# 9

Quando voltei ao escritório, deparei com Akino.

"Como foi?", ele perguntou com naturalidade. O que parecia um certo cinismo, era também curiosidade.

Ao observar Itadori afinando o piano, havia um turbilhão de sentimentos dentro de mim, mas isso eu não ia revelar. Já que de qualquer forma Akino ia soltar algo sarcástico, resolvi falar apenas da última impressão.

"Acho que deve ser maravilhoso, para o pianista e para o público, desfrutar do som daquele piano de cauda."

As íris por trás dos óculos de Akino cresceram por um instante. Em seguida ele lançou de forma desinteressada: hmm, hmm.

"E como ele afinou?"

"Não entendi os detalhes", respondi com sinceridade. "Mas foi a primeira vez que vi mudarem a posição das rodinhas de um piano para regular a ressonância."

No curso profissionalizante, aprendemos a parte teórica por trás dessa técnica. Ao mudar a direção das rodas do piano, desloca-se o seu centro de gravidade. Itadori demonstrou de forma que eu entendesse de primeira. E me explicou: era como fazer flexão de braço com os braços mais abertos do que os ombros. A distribuição de força muda. A força acaba recaindo mais sobre o tronco. No caso do piano, a força acaba recaindo mais sobre a tábua harmônica do instrumento. Itadori me explicou de forma sucinta e mudou a direção das rodinhas, o que alterou imediatamente a ressonância do piano.

"Como você é sortudo", a voz de Akino, que costumava ser indiferente, expressava um claro sarcasmo. "Você não sabe o que está falando. A essência da afinação de Itadori não é essa. Itadori também é gentil demais com você. Olhe isto, olhe aquilo, é assim que ele te trata? Tudo o que ele te ensina é, na verdade, para te constranger, não é?"

"Não é o que eu penso."

Me constranger? Eu não chegava nem aos pés de Itadori. Não tinha nem como comparar. O som que ele alcançava jamais podia ser imitado.

"Foi um desperdício eu acompanhar o sr. Itadori."

"O quê?"

Se Akino tivesse acompanhado Itadori, com certeza teria aprendido muito mais. Como eu estava a milhares de léguas de distância, era um desperdício.

"Sr. Akino, o senhor deveria ver o sr. Itadori afinando um piano um dia", eu disse.

Akino me encarou um pouco assustado e logo começou a rir.

"Como você é bonzinho", em seguida assumiu uma fisionomia séria e emendou: "Não é elogio, viu? Já vou avisando".

No dia seguinte, quando acompanhei Yanagi para afinar o piano de um cliente, falei de Akino.

"Ah, ele", Yanagi riu olhando para baixo. "Não ligue para ele."

Ele caminhava a passos largos puxando a maleta de rodinha. Tinha um sorriso no rosto. Ao contemplar sua expressão, percebi que Yanagi não tinha uma impressão negativa de Akino.

"No começo, eu também ficava furioso", Yanagi abriu a porta de serviço que dava para o estacionamento e segurou-a com a mão direita para que eu pudesse passar. "Ele dizia que os clientes costumam ficar felizes quando o piano é regulado igual a um aparelho de som estéreo."

Yanagi sorriu diante da minha perplexidade.

"Por algum tempo, esteve na moda. Esses aparelhos tinham os graves profundos e os agudos brilhantes. Era popular afinar os pianos dessa maneira, pois era a referência das pessoas de um som bonito."

A fala de Akino parecia ter uma pitada de desprezo.

"Quando ouvi isso, pensei que não passava de bobagem", Yanagi falou depressa caminhando no estacionamento. "Achava que ele menosprezava tanto a nossa profissão como os clientes. Coitado, ele dizia aquilo porque nunca encontrou bons clientes de verdade."

Yanagi olhou para mim como se lembrasse de algo divertido.

"Tomura, você devia acompanhar Akino uma vez", ele não deixou de notar a minha fisionomia de desagrado. "Ele fala só da boca para fora. Na verdade, ele faz um bom trabalho. O Akino, na prática, faz o contrário do que diz e aparenta."

"É mesmo?"

Yanagi fez que sim com a cabeça.

"Não sei se é consciente ou não, mas, em se tratando de piano, ele não faz nada de qualquer maneira. Mesmo contra a vontade, acaba realizando um bom trabalho. Ele sente amor e respeito pelo piano. Bom, se alguém perguntar, ele deve dizer que não sente nada disso."

Mesmo que eu peça para acompanhá-lo, ele não vai concordar, pensei. Além disso, eu nem queria tanto. Uma tempestade de areia avançava sobre mim, por todos os lados: de Itadori, de Yanagi, das ovelhas, dos pianos. Eu tentava desesperadamente agarrar pelo menos um grão, quase me afogando.

Saí do trabalho assim que terminou o expediente e fui à sala de concerto.

A atmosfera estava bem diferente. Eu gostava do silêncio, como no dia anterior. Uma floresta silenciosa. Mas gostava também da sala animada e lotada, que me fazia lembrar das folhas vívidas e abundantes de uma floresta no verão.

Na plateia, em sua maioria, estavam pessoas mais velhas do que eu, em traje social. A princípio me senti intimidado, porém, ao me dar conta de que todos eles gostavam de piano, fiquei mais aliviado.

"Ah!"

Um rosto conhecido atravessou o foyer. Era Akino. Não sabia se ele não tinha me visto ou se fingia. Enquanto cogitava se falava com ele ou não, ele entrou pela porta dos fundos.

Entrei na sala um pouco depois e caminhei conferindo o número do ingresso e o número que constava no encosto dos assentos.

"Tomura", alguém me chamou. "Você veio!" Era o sr. Etô, o dono da loja, de terno escuro. Ele mostrava um largo sorriso. "Onde é o seu assento?"

"Ah, acho que é por aqui."

Era na plateia central, mais ao fundo. Não tinha condições de comprar os assentos mais à frente, e tentei escolher um lugar onde achei que o som chegaria de forma mais balanceada.

"Por acaso é a primeira vez que vem?"

Confirmei que sim. Avistei Akino no assento próximo à parede do lado direito. O dono aproximou o rosto do meu ouvido e sussurrou:

"Nesta sala, o som é melhor perto da parede."

"É mesmo?"

Por que não me avisaram antes? Ao notar a minha decepção e com pena de mim, ele olhou o ingresso na sua mão.

"Se é o seu primeiro concerto, é melhor ouvir num bom assento. Quer trocar comigo?"

"Não, obrigado. Obrigado pela preocupação", balancei a cabeça.

Ele mostrou um certo alívio.

Ao enfim encontrar o meu lugar, eu me sentei. Me virei

um pouco e avistei Akino, algumas fileiras à minha frente, à direita. Uma dúvida me ocorreu. Por que ele estava à direita do palco? Se ele quisesse ver o pianista, deveria escolher um assento à esquerda, onde era possível ver melhor seus dedos, a expressão facial e o movimento do corpo. Voltei a olhar para o palco. Lá estava aquele belo instrumento preto que Itadori afinara no dia anterior. De onde estava Akino, quase não dava para ver o pianista, escondido atrás do piano.

Tive a impressão de entender o motivo. Não era preciso ver o pianista. Melhor ainda se ele não pudesse ser visto. Akino teria pensado assim na hora de escolher? Queria se concentrar no som? Analisando como a tampa do instrumento se abria, o natural era concluir que o som se prolongava mais para a direita. Me arrependi por ter escolhido o assento do meio sem pensar direito.

A sala ficou escura e o pianista surgiu em seguida. Era um homem de cabelo grisalho, com corpo mais imponente do que eu imaginara ao escutar o CD. Os aplausos cessaram e ele se sentou à frente do piano. Depois de um momento de silêncio, o piano soou.

Nesse instante, a preocupação com meu assento sumiu. Uma beleza avassaladora tomou conta. O piano, o timbre, a música. Como era possível algo tão belo, uma floresta preta que preenchia toda a sala de concerto e transbordava beleza.

Enquanto escutava, tentei me lembrar de como Itadori regulou o instrumento. Mas foi em vão. Se aquele som tivesse cores, devia ser quase transparente. Os sons chegavam até a plateia como queria o pianista. Éramos simples espectadores. Eu estava eufórico, era como se fizéssemos parte da música.

Se não soubesse quem era o afinador, nem passaria pela minha cabeça que alguém era responsável por aquele timbre. Era o som ideal. Feito para quem tocava. Um som que realçava ao máximo a técnica do intérprete. Ninguém num momento como esse pensava na habilidade do afinador. Tudo bem.

Mesmo quando o pianista era enaltecido, não era mérito dele. Era da música.

O concerto acabou. Estava em êxtase, de tanta felicidade. Levantei-me e me misturei ao fluxo de pessoas que saíam. Deparei com o dono da loja.

"Como foi o seu primeiro concerto?"

"Muito bom", respondi de forma breve pois não tinha condição de achar palavras mais adequadas. "Foi excelente."

"Que bom", ele sorriu. "Gostar de piano, gostar de música é a base de tudo."

Alguém poderia não gostar de música depois de ouvir a apresentação de hoje?

"O pianista admira muito o trabalho de Itadori."

Subi a escadaria do corredor e cheguei ao foyer, seguindo o dono da loja.

"É Itadori pra cá, Itadori pra lá. Acho que ele não tem nenhuma folga durante a turnê."

"O sr. Itadori é tão próximo assim do pianista?"

"Não sabia?", o dono arqueou as sobrancelhas. "Toda vez que o pianista vem ao Japão, ele exige que seja o sr. Itadori a afinar seus pianos. Se conhecem da época de estudante. Itadori até acompanhou o pianista em uma turnê pela Europa, mas infelizmente ele não gosta de andar de avião. No Japão, só viaja por via terrestre. E morando nesta cidade remota e pequena, fica esperando os pianistas virem para cá."

"Não é um desperdício?", disse sem querer. "Ficar numa cidade pequena como esta. Não devia morar numa cidade maior e afinar pianos que são apreciados por mais pessoas? O trabalho do sr. Itadori não seria melhor aproveitado assim?"

"Você acha mesmo?", o dono da loja riu enquanto caminhava pelo lobby. "Que surpresa saber que você pensa assim, Tomura. Na cidade grande, qual seria a vantagem para ele? Não é sorte nossa ter Itadori conosco? Tanto para nós como para os moradores da cidade? Claro que para você também."

Seus olhos estavam sérios.

"Os moradores de uma cidade remota como a nossa também devem poder desfrutar da boa música. Acho que são as pessoas da cidade grande é que deveriam pegar um avião e vir até aqui ouvir o piano afinado por Itadori."

O dono tinha razão. O que eu dissera era exatamente o contrário do que pensava. Montanha e cidade. Metrópole e campo. Grande e pequeno. Eram clichês sem nenhum valor.

Vou continuar nesta cidade. Tenho que sentir orgulho disso.

"Como o concerto de hoje foi fantástico, queria que mais pessoas tivessem oportunidade", disse baixinho.

"Eu sei", o dono voltou a sorrir e concordou com a cabeça.

## 10

Girei a chave de afinação com cuidado: 0,1 milímetro, 0,2 milímetros. Se conseguisse, faria com ainda mais precisão.

Eu já conseguia afinar as notas mais rápido do que antes. Quando ainda estava no curso profissionalizante, o professor rejeitava quase tudo que eu pensava ter regulado bem. Ele marcava com x as teclas que eu não havia regulado corretamente. X, X, X, X, X, X. Uma sequência de xs. Não conseguia acertar nenhuma. Depois de repetir durante dois anos, o número de x foi diminuindo até desaparecer. Enfim tinha chegado ao ponto de partida.

Sempre me lembrava do que os professores diziam. Ajustar a frequência e o tom. Com treino, qualquer um conseguia fazer isso. Não era dom, era esforço, enfatizavam. Quem tocava piano e quem não tocava, quem era entusiasmado e quem não era, quem tinha bom ouvido e quem não tinha, qualquer um, com prática, também era capaz.

Desde que comecei, quando o sinal de largada fora dado, até onde consegui chegar?

"Acho que o som ficou mais nítido. Obrigado", o cliente agradeceu.

Eu me curvei.

Assim que saía da casa de um cliente, anotava o quanto antes os detalhes do trabalho realizado. O estado do piano, o tipo de afinação. O som que o cliente desejava.

"Ficou mais nítido", anotei a opinião do cliente também. A palavra *nítido* é muito importante. Mesmo que o cliente não consiga explicar de forma precisa, às vezes é possível entender pelas palavras que são ditas sem querer. Provavelmente era exatamente isso que o cliente queria, mesmo sem ter dito. Mesmo não tendo consciência disso, ele ouviu o som depois que o piano fora afinado e gostou. Com as anotações, eu aprendia a compreender o desejo dos clientes.

Alguns preferem sons suaves. Outros, sons imponentes. Quando o cliente usa palavras claras, é mais simples corresponder às expectativas, na medida do possível. Muitas vezes, no entanto, o próprio cliente não sabe o que deseja. Nesses casos, cliente e afinador precisam buscar um tipo de som juntos.

"Este som não é intenso o suficiente", reclamava um cliente.

Por isso fiquei feliz ao vê-lo contente com o resultado depois que afinei seu piano. Mas logo em seguida fiquei sem entender.

"Graças a você o som ficou mais redondo."

O som pode ser ao mesmo tempo intenso e redondo? Um som redondo não seria um som mais brando, bem diferente de um som intenso? Sem perceber a minha confusão, o cliente continuou:

"Antes estava tudo muito uniforme, mas parece que ficou mais redondo."

Por fim entendi. O som que era brando ficou mais firme e redondo tal qual uma gota de água, era isso que ele queria dizer. Quando conseguíamos nos entender, era como ser iluminado por um raio de sol. O ideal, no entanto, era que apenas o som do piano bastasse.

Muitas pessoas pediam um som mais brilhante. No começo, eu não pensava muito a respeito. Deve existir poucas pessoas que preferem um som opaco, eu imaginava. Mas já não pensava mais dessa forma. Entendi que a mesma palavra, *brilhante*, pode significar várias coisas.

Nos pianos, foi definido que a frequência do Lá acima do Dó médio, que serve como referência, é de 440 Hertz. Essa é a unidade de medida de oscilações por segundo. Quanto maior o valor, mais agudo o som. Dizem, aliás, que o primeiro choro de um bebê tem uma frequência próxima a 440 Hz. No Japão, até o término da Segunda Guerra Mundial, o valor de referência era de 435 Hz, mas antigamente, na Europa, na época de Mozart, era de 422 Hz. Foi subindo cada vez mais, gradualmente. Hoje em dia, em muitos lugares, é de 442 Hz. O Lá do oboé, que é o padrão de referência da orquestra, é de 444 Hz, o que faz com que os pianos, que tendem a se adaptar a ele, fiquem ainda mais agudos. Em comparação com a época de Mozart, o Lá subiu quase um semitom. Em outras palavras, parece não ser a mesma nota.

O padrão de referência, que não deveria mudar, foi mudando conforme a época. Não seria porque as pessoas buscam um som cada vez mais brilhante?

"Todos estão cada vez mais impacientes, por isso o padrão de referência está subindo", eu disse.

Enquanto aguardávamos os *bentôs* de salmão grelhado com alga *nori* no quiosque perto do escritório, Yanagi tirou umas moedas do bolso e contou-as na palma da mão.

"Querem que pelo menos o som seja brilhante", disse Yanagi. "Nesses anos que venho trabalhando com afinação, o piano dos clientes tem mudado de 440 Hz para 442 Hz. Alguém com ouvido absoluto conseguiria perceber esta diferença de 2 Hz, o que certamente incomodaria."

"Será que vai continuar subindo?"

"Acho que sim", disse Yanagi em tom de brincadeira. E olhou para mim. "Outro dia Akino dizia: 'Mesmo regulando para ter um som o mais brilhante possível, os clientes querem mais. Se for assim, é mais fácil ensinar como devem tocar'."

"Como assim?"

"É estranho as pessoas dependerem da afinação para ter um som brilhante. Ah, obrigado."

Os dois *bentôs* ficaram prontos e Yanagi os recebeu no balcão com um sorriso. Saímos do quiosque.

Os raios solares anunciavam a primavera. O vento era brando e carregava um leve perfume verde.

"Só de pressionar a tecla do piano com mais força, o som ganha mais brilho. Segundo Akino, é preciso abaixar o centro de gravidade e transferir o peso do corpo para os dedos. Ele quer dizer que não é um problema de afinação, e sim da técnica de quem toca."

Entendia bem o que ele dizia. Alguns clientes pediam para deixar as teclas mais leves para poderem tocar com mais brilho, mas às vezes não era possível. Se a pessoa não percebe que o problema não está nas teclas, e sim na pouca força nos dedos, o som não sairá do jeito que ela espera, por mais que se ajuste o piano.

"O som muda só de ajustar a altura da banqueta, não é?"

"Muda", Yanagi concordou de prontidão.

Eram coisas que estavam além do trabalho do afinador. Ajustando a altura da banqueta, o toque nas teclas fica mais fácil e o som fica mais brilhante. A altura ideal da banqueta varia não só conforme a altura do pianista, mas depende também do modo como usa o corpo, além do ângulo do pulso e do cotovelo enquanto toca.

"Certa vez eu assisti a um vídeo de um concerto, no qual havia dois pianos à frente de uma orquestra. Senti que tinha algo estranho e, ao prestar atenção, percebi que a altura das banquetas era diferente. Mas os pianistas tinham quase a mesma altura."

Yanagi acenou a cabeça em silêncio.

"Reparando nos detalhes, vi que o ângulo do braço, ou melhor, o modo como cada um esticava o cotovelo, era diferente. Nesse caso, a força que recai sobre os dedos também muda, não? Como não toco piano, não tinha notado isso. Não consigo dar muitos conselhos, mas quando afino pianos sempre peço à pessoa que sente e toque, ao menos um pouco, para eu ajustar a altura da banqueta. Esse gesto simples é suficiente para trazer mais clareza ao som."

"Faz bem. Geralmente a banqueta está mais alta ou mais baixa do que o ideal."

Às vezes é melhor ficar mais perto do piano, às vezes é melhor afastar-se. Só de mudar a posição da banqueta, o timbre muda.

"Mas...", eu disse.

Mas... por mais que você se esforce, por mais que dê orientações, alguns clientes não se dão por satisfeitos. Ou não mostram nenhuma reação.

"Às vezes fico sem saber direito o que querem."

"É, acontece", respondeu Yanagi com um ar tranquilo. "Nós podemos até estar em busca do Lá 440 Hz ideal, mas o que os clientes desejam não é isso. Querem apenas um som bonito."

Ele tinha razão.

Eu carregava uma sacola plástica branca com duas caixas de *bentô*.

"Acho incrível poder expressar tudo isso a partir de 440 Hz. Cada piano é diferente, mas eles estão ligados pelo som, devem se comunicar através das frequências. Às vezes penso nessas coisas."

Fiquei um pouco envergonhado. Eu mesmo fiquei surpreso que essas palavras tinham saído da minha boca.

Sentamos no murinho do canteiro no canto do estacionamento. O longo inverno chegara ao fim e podíamos desfrutar do sol e fazer as refeições ali, ao ar livre. Ainda estava frio, mas, depois de horas a fio num trabalho minucioso diante do piano numa sala sem muita ventilação, passamos a valorizar momentos assim, em que almoçávamos e conversávamos na companhia de alguém, sob o sol.

De vez em quando lembrava do comentário de Akino, de que os clientes ficam contentes com um timbre igual ao som dos aparelhos estéreo. Era compreensível que ele se sentisse frustrado; eu também ficava desanimado diante de clientes que não pareciam satisfeitos com uma afinação feita com todo o capricho, mas que se mostravam felizes e agradeciam um trabalho meio que de improviso. E isso se repetia algumas vezes. Para o cliente pouco importava se o afinador estava dando o melhor de si ou não. Criar um bom som: essa era a nossa única missão. E se o cliente preferia um som igual ao dos aparelhos estéreo, não havia mal em satisfazê-lo.

"Mas isso...", voltei a pensar em algo que já pensara várias vezes.

"Hmm? Que foi?", Yanagi me olhou curioso enquanto partia os *hashis* em dois.

Acho que sem querer eu estava pensando alto.

"Não, não é nada."

Mas isso... não seria o mesmo que acabar com uma possibilidade? Possibilidade de encontrar um som verdadeiramente extraordinário, um som que toca o coração. Assim como aconteceu comigo no ginásio.

Não é garantido que eu um dia consiga. Ainda tenho muito a aprender, tenho um longo caminho pela frente. Porém, se eu não aceitar o desafio, nunca serei capaz.

## 11

A temperatura subiu de repente e só de andar na rua já me sentia mais radiante. Quase nunca saía para passear nos dias de folga, mas admito que foi uma boa ideia sair de casa num dia como aquele. Que bom que tinha um compromisso.

Será que era a época em que as folhas tenras de bétula desabrochavam? Enquanto caminhava, lembrei do meu vilarejo no meio das montanhas. Daquela primavera em que saí de casa e o meu irmão mais novo ficou com a minha família. No vilarejo só havia duas escolas de ensino fundamental. Como não havia escola de ensino médio, os adolescentes tinham que deixar o vilarejo — ou seja, a montanha e a casa — mais ou menos com quinze anos. Foi assim comigo, e com o meu irmão também seria. Como ele tinha dois anos a menos, sairia de casa dois anos depois de mim. Essa era a única diferença. Mas, por alguma razão, eu tinha a impressão de que a conta não batia. Ele ficaria mais tempo com a família do que eu: era essa a minha sensação. Em todas as minhas lembranças mais remotas, eu estava sempre junto ao meu irmão, ou seja, tínhamos que ter passado o mesmo tempo com a família. Mas dava a sensação de que ele passara dois anos a mais com a família do que eu.

Nunca dissera isso a ninguém. Achava uma bobagem. Mas quanto mais eu pensava a respeito, mais parecia fazer sentido que o meu irmão tivesse ficado mais tempo com a família do que eu.

Enquanto caminhava pela cidade, concluí que aquela sensação não estava errada. Nunca me senti realmente confortável na casa dos meus pais. Quando o meu irmão conversava todo sorridente com a minha mãe ou minha avó, eu acabava saindo pela porta dos fundos, sozinho. Caminhava a esmo na floresta atrás de casa e, ao sentir o cheiro do verde intenso, ao ouvir o farfalhar das folhas, meu coração enfim sossegava. A sensação de estranhamento, de não saber onde era o meu lugar, de não me sentir à vontade em nenhum lugar, desaparecia à medida que eu pisava a terra e os capins e escutava o som dos pássaros, que vinha lá do alto das árvores, e o som dos bichos ao longe. Nessas caminhadas solitárias eu me sentia acolhido.

Foi a sensação que encontrei no piano. De aceitação, de estar em harmonia com o mundo. Como não sou capaz de expressar em palavras como essa sensação é maravilhosa, talvez deseje expressar por meio do som. Ser capaz de reproduzir aquela floresta através do piano.

Uma pequena placa ao lado da calçada indicava o local, ao fim de uma escadaria estreita, por onde desci.

Chegando à entrada subterrânea semi-iluminada do bar, mostrei o meu ingresso.

"Entre e espere por mim, fique à vontade."

Foi o que disse Yanagi no dia anterior, ao me entregar o ingresso, mas era difícil ficar à vontade ali. Como o ingresso me dava direito a um drinque, resolvi pegar uma bebida. Os fregueses eram um pouco mais velhos do que eu, em sua maioria. E mais descolados. Cabelos pintados de loiro e vermelho, lisos e espetados... Claramente tinham uma energia bem diferente da minha. Não quis me misturar a eles e acabei ficando um pouco mais afastado.

Enquanto bebia Ginger Ale num copo de papel descartável, li os nomes no pôster, provavelmente de bandas. Eram sete no total, e eu não conhecia nenhuma. Qual delas Yanagi queria ver?

Como o drinque estava doce demais, eu larguei o copo pela metade. Sem saber onde jogar a bebida, deixei-a no balcão.

A atendente me encarou com olhar severo. Não tinha ideia de como me comportar em lugares como aquele.

Fui em direção ao salão principal. As pessoas já estavam reunidas diante do palco, iluminado por uma luz fraca. Havia ali alguns suportes de microfone, um amplificador grande, caixas de som e, no fundo, a bateria. Tinha também dois teclados, mas nenhum piano.

"Vamos iniciar em alguns instantes." Quando foi anunciado, as pessoas que estavam no lobby vieram para o salão todas ao mesmo tempo. Fui empurrado cada vez mais para a frente. Ainda não tinha encontrado Yanagi.

A música ambiente interrompeu de repente, desencadeando gritos. Uma mistura de vozes estridentes e roucas. Impossível encontrar Yanagi no meio de tanta gente. Fui de novo empurrado para a frente. De vez em quando me empurravam para trás também. Acenderam-se os refletores, o que provocou gritos ainda mais altos. Os membros da banda entraram no palco, pelas laterais. Um trazia uma guitarra sob o braço, o outro mostrava as baquetas no ar, e o outro... Voltei o meu olhar para o segundo, o que carregava as baquetas da bateria. Eu o conhecia. Já o tinha visto. Quem era mesmo? Uma pessoa familiar e ao mesmo tempo desconhecida?

"O quê?!"

O meu breve grito de surpresa foi apagado pela gritaria que ecoava no salão, pelo som da guitarra e, principalmente, pelo som da bateria. Era ele, Yanagi.

Aquele ritmo marcante subiu pela minha espinha. Junto com o pulso do baixo, o virtuosismo da guitarra que acelerava cada vez mais, e o brilho do vocal. Meus sentidos pareciam entorpecidos. As pessoas à minha volta saltavam, ovacionavam, cantavam, gritavam, cada um se movendo ao seu modo. Ensandecida, a plateia reagia a cada movimento da vocalista. Talvez por ver a reação do público, Yanagi parecia animado. Respingavam gotas de suor por todo lado.

Só que o som era alto demais. Era difícil dizer se eles cantavam bem, se o som era bom ou não. Provavelmente esse tipo de coisa não era tão importante. O atrativo do local era outro. A presença de Yanagi no palco ofuscava os meus olhos.

Depois de quatro músicas, a banda se retirou em meio a aplausos e gritos. O salão voltou a ficar iluminado e o ambiente se tornou um pouco menos tenso. Aproveitando a oportunidade, atravessei a plateia e fui ao lobby.

Yanagi, membro de uma banda? E baterista? Eu estava surpreso. Por que bateria? Não faz mal aos ouvidos? Foi a primeira coisa que me ocorreu. Mesmo depois de pararem de tocar, ainda escutava um zumbido nos meus ouvidos.

"Tomura?"

Tive a impressão de que alguém me chamava. Mas devia ser impressão. Tinha a sensação de que muitas pessoas de longe e de perto dirigiam palavras a mim. Nos bares de música ao vivo, era melhor tomar cuidado com os ouvidos.

"Tomura?"

De novo. Meus ouvidos estavam sobrecarregados. Será que vou ver Yanagi? Será que ele vai beber com os companheiros da banda?

"Você é o Tomura?"

Alguém me chamava de verdade perto do ouvido. Ao me virar, deparei com uma mulher que eu não conhecia. Tinha cabelo curto, pescoço longo e era muito bonita.

"Ah, é você mesmo", ela sorriu. "Meu nome é Hamano. Sou amiga do Yanagi há muito tempo. Ele me disse para te esperar aqui. Disse que você viria. Você é exatamente como ele descreveu. Por isso logo te reconheci."

Como será que Yanagi me descrevera? Mas logo me senti indefeso diante de um sorriso como aquele.

"Ah, muito prazer", eu disse.

"O prazer é meu."

Curvamo-nos um para o outro. Ao pronunciar o nome

93

"Yanagi", ela o fez de maneira muito informal e íntima. Será que se tratava da mesma pessoa, do Yanagi que eu conhecia?

A porta do salão principal se fechou mais uma vez. Devia ser para a apresentação da próxima banda.

"Yanagi toca bateria muito bem", eu disse, hesitante. Ainda estava desconfiado que era outra pessoa.

"Sim, não é mesmo? Ele tem a precisão de um metrônomo." Eu concordei.

"É preciso, vigoroso, e parece se divertir muito."

"É, ele se saiu muito bem. Parecia bem feliz."

Com os olhos semifechados, Hamano acendeu um cigarro.

"Yanagi ama metrônomos", e deu uma risada. "Se ele souber que te contei, vai ficar bravo", assim dizendo, expeliu a fumaça. "Conheço Yanagi desde criança. Faz mais de vinte anos. Sabemos tudo um do outro."

Não era algo incrível ter uma amiga bonita como ela e saber tudo um do outro? Independente de ser bonita ou não, não consegui lembrar de nenhuma pessoa com quem tivesse esse tipo de relação.

No dedo anular da mão esquerda dela, que segurava o cigarro, um anel prateado brilhava intensamente. Será que era o anel que Yanagi ia entregar outro dia, embrulhado naquele pacote? Só o detalhe de caveira era inusitado.

"Tomura, conto com você para cuidar do Yanagi."

"Não, é ele que tem me ajudado muito", fiquei desconcertado.

Hamano cerrou com firmeza seus lábios bem definidos.

"Pode não parecer, mas Yanagi é sensível."

"É mesmo?"

"Ele não suportava ver um telefone público."

Não entendi direito. Parecia até que os meus ouvidos estavam tapados por causa do volume alto da música. Vendo a minha cara desnorteada, Hamano explicou:

"O orelhão tem aquela cor exuberante para chamar a atenção,

não é? Yanagi não suportava aquela cor verde-limão. Era difícil para ele tolerar."

Não entendi direito. Não conseguia compreender o que ela dizia. As palavras pareciam pairar no ar.

"Como assim?"

Hamano apagou o cigarro. Suas unhas brilhavam.

"Quando via um orelhão na rua, até passava mal. Ele era hipersensível. Enxergava muitas coisas que os outros não viam. Não estou falando de fantasmas, não é nada disso, eram coisas que lhe saltavam aos olhos mas que ele não queria ver. Por exemplo, ele odiava placas extravagantes. Dizia que eram suas inimigas mortais."

Ela me encarou para se certificar de que eu estava entendendo.

"O que ele fazia quando tinha orelhão, placas, esse tipo de coisa por perto?"

"Nessas horas, ele voltava para casa e dormia."

Voltava para casa e dormia. Aos olhos dos outros, devia parecer excêntrico. Mas até que era uma reação branda diante de coisas que para ele eram insuportáveis.

"Uma pessoa assim não consegue sobreviver, eu pensava. Achei que fosse virar um *hikikomori*, sem sair de casa para nada."

Que bom que não virou. Ele se mantinha firme neste seu mundo de dificuldades. O que teria salvado Yanagi? Teria sido ela, Hamano?

"E não era só isso. Quando andava na rua, não suportava a sujeira do chão."

"Mesmo andando numa rua limpa?", perguntei para confirmar.

"É. De repente a rua onde andava, o mundo, a vida, tudo parecia muito sujo."

Parecia brincadeira. O Yanagi que eu conhecia não parecia em nada com aquele Yanagi.

"Era bizarro. Eu parecia insensível ao lado dele."

"O Yanagi que eu conheço é atencioso, responsável e não parece tão sensível assim", disse a minha modesta opinião.

"É. Mas foi difícil chegar até aqui, até ser uma pessoa atenciosa e responsável. Acho que, na adolescência, a hipersensibilidade dele foi intensificada, próprio dessa fase. Naquela época tudo era motivo para ele passar mal. Ficava com vontade de vomitar e procurava desesperadamente um lugar para se abrigar. Mas não se sentia seguro em nenhuma parte. Não encontrava um lugar limpo e calmo suficiente. A melhor coisa era voltar para casa e dormir sob as cobertas. Quando não podia fazer isso, fechava os olhos, tapava os ouvidos com as mãos e se fechava. Também me pedia para alisar suas costas. E quantas vezes foi preciso."

Não conseguia imaginar esse Yanagi.

"Foi o metrônomo que o salvou", disse Hamano em tom levemente de brincadeira. "Você conhece aqueles metrônomos antigos? Yanagi tinha um analógico, de dar corda. Ele descobriu um dia que ouvir aquilo o ajudava a se acalmar. Ele usou essa palavra, *descobrir*. 'Mesmo quando você não está por perto, Hamano, eu consigo me tranquilizar com o metrônomo.' Então ele ficava dando corda o dia inteiro para ouvir as batidas, *tic-tac-tic-tac*... Quando estava com ele, eu quase enlouquecia."

Metrônomo. Finalmente começava a fazer sentido. Aos poucos, a história que Hamano contava coincidia com a imagem que eu tinha de Yanagi.

Apoiar-se em algo e se levantar com sua ajuda, como uma bengala. Algo que traz ordem ao mundo. Que nos permite sobreviver e que, em sua ausência, não se pode viver.

"Acho que estou começando a entender", eu disse.

Quando ouvi pela primeira vez o som do piano afinado por Itadori, senti que tinha encontrado algo que me ajudaria a sobreviver.

Hamano concordou. Ela juntou com o canudo os pequenos

pedaços de gelo que estavam no copo com chá preto, levou-os para a boca e mordeu.

"E a descoberta seguinte...", ela começou a contar animada.

Mas nesse momento apareceu Yanagi.

"Olá, Tomura", ele se aproximou com o rosto vermelho. "E aí? Se divertiu?"

"Achei que você fosse demorar mais. Veio rápido", disse Hamano baixinho e misturou o chá gelado com o canudo.

"Qual o problema? Eu me apressei para não deixar vocês esperando."

"Yanagi, gostei muito da sua bateria."

"Obrigado. Você quer comer com a gente?", ele me convidou com naturalidade.

Mas eu recusei.

"Não vai?", Hamano também ficou surpresa. "Ainda não terminei de contar. Vai ficar bem mais interessante daqui para a frente", ela parecia querer me fazer mudar de ideia.

"Como assim? Do que vocês estavam falando?", Yanagi perguntou.

"De uma descoberta", respondi.

Hamano riu.

"Uma próxima vez, até logo."

"Até logo."

Acenei para os dois e subi a escadaria que dava no térreo.

Sem dúvida, Hamano conhecia Yanagi antes da descoberta do metrônomo. Já fazia parte do mundo dele. Sua presença deve ter ajudado a descobrir outro apoio.

Tentava imaginar qual era a descoberta seguinte. Algo que o acalmava, quando estava por perto. Algo que o ajudava a suportar tudo mesmo quando Hamano não podia alisar suas costas. Talvez o diapasão, a bateria ou o piano. Algo que o ajudava a prosseguir, por mais que o mundo estivesse sujo. Não apenas um meio de desviar os olhos da sujeira, mas uma força que o fazia avançar.

Foi depois dessas descobertas que ele se tornara o Yanagi que eu conheço. Afinar pianos e criar sons: foi o que fez Yanagi se erguer e continuar caminhando.

Será que Yanagi aceitou o mundo que a seus olhos parecia sujo? Ou será que ele é que tinha sido aceito?

Quando cheguei ao térreo, meus olhos ficaram ofuscados. O céu estava límpido, era um dia agradável de abril.

# 12

Nos dias de neve, a temperatura é amena. Quem é de Hokkaido sabe muito bem disso. Não neva nos dias realmente frios, quando o céu está límpido e transparente e o azul chega a doer os olhos. Mas isso em se tratando de pleno inverno. Pois quando neva em maio, como agora, é muito frio para este período do ano.

A neve fora de época parecia deixar a cidade mais agitada.

"Neve em meados de maio?", Yanagi olhou para o céu com ar de lamento.

"Com um tempo desses, tudo fica confuso."

A neve cobria levemente os botões de flores de cerejeira que começavam a intumescer.

"Tomara que floresçam."

O clima na cidade e na montanha era diferente. Em regiões altas, não era raro nevar nesta época do ano. A neve costumava cair uma vez depois do feriado prolongado de maio e a primavera chegava mesmo só quando a neve estava toda derretida. Ficávamos apreensivos durante o mês de março, pensando "ainda vai nevar, ainda vai nevar". Sobrevivíamos a abril e enfim chegava maio. Depois que os últimos vestígios de neve derretiam, as flores de cerejeira enfim surgiam, quando o tempo ficava mais quente. Parecia até que a cerejeira tinha um calendário interno: estava decidida a aguardar até o momento em que a temperatura e o ritmo interno coincidissem, para finalmente florir.

"Tudo bem, as flores podem ficar para depois. O problema são os pianos. Vão desafinar com essa neve. Mesmo os que acabaram de ser afinados."

Em geral a afinação é feita uma vez a cada seis meses, se o piano é tocado com muita frequência, ou uma vez por ano, no caso da maioria das casas. Em princípio, afina-se sempre na mesma época do ano. Assim o estado do instrumento pode ser verificado sob as mesmas condições, já que ele varia muito conforme a temperatura, a umidade e a pressão atmosférica.

Naquele dia, eu estava com Yanagi, indo afinar um piano na casa de um cliente. Para ser exato, para reafinar. E foi nevar justo nesse dia em que eu já não estava muito animado.

"Gosto muito do seu trabalho, Yanagi", o cliente disse em tom animado após tocar algumas notas para checar a afinação. Ele se chamava Kamijô e tocava piano num bar.

"Você respeita todos os meus pedidos, com perfeição. Mais que isso, você vai além. Faz mais do que foi pedido. Será que não podia vir aqui todos os dias para afinar?", ele sorriu alisando o cavanhaque.

Yanagi se curvou demonstrando modéstia e agradeceu.

"Sabe, nos últimos tempos tem dias que fico desanimado. Nessas horas, menos peso nas teclas ajudaria a dar mais brilho ao som. Aliás, não, talvez num dia desses seja melhor deixar o som ainda mais pesado, para combinar com meu estado de espírito. Assim, quando eu tocar algumas notas, o público vai perceber que elas refletem o que estou sentindo e ficará satisfeito."

Há cerca de um mês eu tinha sido designado para afinar o piano dele pela primeira vez. Antes era Yanagi. Embora eu não soubesse a profissão do cliente, percebi que parecia ser pianista profissional. O seu piano, no entanto, não aparentava ter sido tocado nos últimos tempos nem ter recebido manutenção. Enquanto eu afinava, ele nem chegou perto. Não fez nenhum pedido.

Alguns dias atrás, ele ligou para a loja reclamando que o som do piano tinha pouca ressonância e insinuou que o problema era do novo afinador. Como havia se passado mais de um mês, não estava mais dentro do prazo de garantia. Mesmo assim, ele exigiu que outro afinador fosse corrigir o meu trabalho.

Eu observava Yanagi afinar de novo o piano. Ele me disse que eu não precisava acompanhar, mas eu queria verificar com os meus próprios olhos. Como sempre, Yanagi trabalhava de forma bastante habilidosa. Vendo-o afinar com destreza, entendia que qualquer um se sentia seguro em lhe confiar o serviço. Entendia também que as pessoas ficavam inseguras em me confiar a afinação. Mesmo que eu fosse capaz de fazer exatamente como Yanagi e criar o mesmo tipo de som, o nível de satisfação do cliente seria diferente.

"Sabe o que é improvisação?", Kamijô se dirigia apenas a Yanagi.

"Sei, como no jazz."

"Você sabe tudo, Yanagi", Kamijô mostrou um sorriso exagerado. "Me pedem bastante para improvisar. É bem difícil. Os fregueses do bar são bastante exigentes. Mas esse tipo de interação com os fregueses é empolgante."

Yanagi fez que sim com a cabeça.

"Você me entende. O importante é improvisar. O que eu espero é que o meu desejo seja compreendido e que a ressonância fique compatível com o meu humor do momento."

"Nós nos esforçamos para corresponder às expectativas dos clientes, na medida do possível."

Talvez por não ter gostado da resposta pronta de Yanagi, o sorriso desapareceu do rosto de Kamijô.

"Mas esse rapaz é um aprendiz, não? Por que vocês me mandaram um novato como ele? Eu vivo de piano. E acho que sou um bom cliente da loja. Vocês pensam que podem me tratar assim?"

Eu estava cabisbaixo e Kamijô falou em tom ríspido sem olhar para mim.

"Tomura não é aprendiz. Ele é nosso afinador oficial."

"Mas não é bom", Kamijô disparou.

"Não concordo, ele é novo, mas é um bom afinador", Yanagi afirmou categórico.

Mesmo assim Kamijô não recuou, permaneceu de braços cruzados e balançou a cabeça de um lado para o outro.

Havia passado mais de um mês desde que eu afinara o piano quando o cliente pediu que fôssemos lá para reafiná-lo. Yanagi, então, não hesitou em cobrar o valor integral da afinação, mesmo que Kamijô talvez nunca mais solicitasse os nossos serviços.

"Ter um afinador exclusivo para afinar o piano todo dia, deve facilitar bastante para quem toca", eu disse a caminho do estacionamento, sob os flocos de neve.

Naquele momento, tive a impressão de ver algo indistinto me mostrando o caminho, em um lugar próximo.

"Se for uma sala de concerto, dá para entender", disse Yanagi de um jeito brusco. Estava mal-humorado. "Mas o timbre não pode mudar todo dia, conforme o estado de espírito do dono. O piano não é esse tipo de instrumento."

Talvez ele tivesse razão. Não é o pianista quem define o som sozinho. Cada piano tem a sua característica. Cada pianista também tem a sua peculiaridade. O timbre é definido pela combinação desses dois elementos. No fundo, eu desejava que o pianista tocasse confiando nessa cooperação.

"Por exemplo, imagine um restaurante muito bom."

Lá vem ele, pensei já na defensiva. Yanagi usava muitas metáforas para explicar as coisas. Principalmente metáforas de comida.

"Seria bom se fosse servida uma comida que combina com o humor ou estado de espírito do dia, não é? Mas se você confia mesmo no restaurante, não espera que o tempero mude. Se fosse você, pediria que cozinhassem algo que combinasse com seu humor?"

"Não."

"Então. Você tentaria se adaptar ao cardápio do restaurante. Os fregueses deviam ir determinados: hoje vou ao restaurante provar um prato delicioso."

Concordei calado. Entendia o que Yanagi queria dizer. Mas ele falava isso porque tinha confiança em si mesmo. Independente da afinação feita, quem tinha a responsabilidade final era o pianista. Por isso entendia também o lado de Kamijô.

"Bom, logo na primeira garfada um restaurante tem que convencer o freguês de que a comida é gostosa."

"Certo."

Um bom chef de verdade deve se esforçar para fazer o freguês achar a comida saborosa, desde a primeira até a última garfada. Acontecia o mesmo com o som do piano. Era desejável que o primeiro PLIIIM causasse um impacto forte no ouvinte. Mas o som precisa ser bonito até o fim.

É de fato um pedido difícil. Sabor e som que satisfaçam o freguês já na primeira garfada. E que satisfaçam também até o fim. Mas se o afinador não tem autoconfiança, como o som que ele cria pode tocar o coração dos ouvintes logo de início?

Yanagi cerrou os lábios com firmeza e me encarou:

"Não fique desanimado", ele deu uma batida de leve no meu ombro. "A afinação estava boa."

"Muito obrigado."

Sabia que ele tentava me animar. Se o meu trabalho fora mesmo bom, então por que o cliente tinha reclamado? "Ele não é bom", foi o que Kamijô dissera categórico.

"Ele só estava mal-humorado. É comum. Não vale a pena se importar com esse tipo de cliente."

Yanagi ainda parecia não se conformar. Debaixo de um guarda-chuva, ele contemplava o céu. Em seguida, disse sem olhar para mim:

"O seu esforço não está sendo em vão, Tomura."

"O quê?", perguntei sem querer.

Yanagi também soltou um monossílabo de surpresa, em voz baixa. Nós nos entreolhamos interrompendo os passos.

"Nunca tinha pensado se era em vão ou não", fui sincero.

Yanagi deu risada.

"Você é um cara legal, Tomura. Nunca pensou que podia ser em vão", o riso se tornou mais sincero. Chegando à porta do carro, ele começou a gargalhar. Em seguida, perguntou curioso:

"Você nunca se arrepende? Não fica pensando que poderia ser perda de tempo? Você já sentiu que algo fosse 'em vão'?"

"Eu sei o que significa", eu me apressei em dizer.

"Claro que deve saber."

"Mas não entendo direito."

Tinha a impressão de que nada era em vão, mas que ao mesmo tempo tudo poderia ser. Seja diante do piano ou aqui e agora.

"Então", Yanagi abriu e fechou o guarda-chuva preto para remover a neve.

Os habitantes de Hokkaido não costumam usar guarda-chuva, mas nós usávamos para proteger as delicadas ferramentas de afinação.

"Costumamos dizer que pessoas como você não sentem que algo pode ser 'em vão'. E, portanto, não sabem de verdade o que significa a expressão."

Ele entrava no carro com certa expressão de orgulho, não sei por quê.

"Tomura, você não sabe de nada. E isso é fantástico. Sinto que você está me ensinando uma coisa incrível."

"Ah, é?", respondi ambiguamente e girei a chave do carro.

Não existiam atalhos na floresta. A única coisa a ser feita era seguir passo a passo, no meu ritmo, tentando refinar a minha técnica.

Mas de tempos em tempos eu tinha um desejo. De ser dotado de ouvidos milagrosos, de dedos milagrosos. Que um dia, de repente, essas habilidades se manifestassem. Como seria incrível ser capaz de criar um som para o piano com a rapidez e precisão que eu imagino, com as minhas próprias mãos. O destino que eu almejo é aquela floresta, lá ao longe. Como seria bom se pudesse chegar lá num pulo.

"Mas, mesmo assim, sinto que no fundo não existe nada em vão."

O carro começou a se mover lentamente sobre a fina camada de neve que se acumulara fora de época.

"Às vezes penso, Tomura... você não seria um ganancioso na pele de alguém que parece não ter ambição?", Yanagi se esticou no banco do passageiro, que havia inclinado mais.

Se o trabalho de afinação fosse uma modalidade individual como num esporte, então poderia haver atalhos. Em vez de caminhar, não teria problema em pegar um táxi para chegar ao destino. Isso se o objetivo do trabalho fosse simplesmente só afinar.

Mas a afinação não é um trabalho que se realiza em si. Ela se completa, ganha vida, na presença da pessoa que toca o piano. Por isso não há alternativa a não ser caminhar. Para ouvir o desejo de quem toca, não podemos chegar ao destino com um só pulo. Pois sozinhos não conseguimos resolver nada. Temos que nos aproximar passo a passo, certificando-nos de cada pisada. Como seguimos pelo caminho com cuidado, os passos ficam. Se nos perdermos e for preciso retornar, esses passos servirão de referência. Podemos analisar até onde temos que voltar e onde é que desviamos do caminho. Corrigir os erros. Ajustar atendendo à solicitação dos outros. Enquanto avançamos para a direção almejada, as muitas dificuldades pelas quais passamos, os erros que cometemos, ficam gravados nos nossos ouvidos, no nosso corpo, e por isso temos condições de ouvir o desejo dos outros e realizá-lo.

"Ah."

Eu só emiti um monossílabo baixinho, mas de súbito Yanagi, que estava de olhos fechados, aprumou as costas no banco do passageiro.

"Que foi?", perguntou.

"Não foi nada."

"Tome cuidado. Estamos sem pneu de neve. Como pode nevar tanto nessa época do ano?"

"Restaurante famoso de *lámen*."

"Hã?"

Como a comida do restaurante tem de ser marcante desde a primeira garfada, o sabor costuma ser forte porque o chef não sabe o paladar da pessoa. Entretanto, se soubesse quem seria o freguês, poderia regular o tempero de acordo com o gosto.

"Quer ir?", Yanagi me olhava com fisionomia feliz. "De vez em quando podemos comer fora. Onde fica esse restaurante famoso de *lámen*?"

"Desculpe, foi uma metáfora."

Yanagi primeiro mostrou perplexidade e em seguida uma clara decepção.

"Vou procurar um restaurante de *lámen*."

Yanagi voltou a fechar os olhos.

Enquanto dirigia, repassei os acontecimentos do dia. Eu me enganei. O que o cliente queria não era só me ofender. Ele sentiu que faltava algo no som. Kamijô pode não ser um pianista assíduo e talvez o piano de sua casa não fosse tocado havia algum tempo. Mas, quando ele tocou, percebeu a diferença. Estava diferente.

Eu não era capaz de fazer o mesmo que Yanagi. Eu sabia disso, mas quando isso foi jogado na minha cara pelo cliente, que repudiou o meu serviço, senti medo. Medo por não saber concretamente o que não conseguia fazer, de não saber o que faltava em mim.

"Medo? De quê?", disse Yanagi de repente.

Tomei um susto porque pensei que ele estava dormindo. Ao mesmo tempo, fiquei envergonhado. Pelo jeito, eu tinha pensado em voz alta.

"Você não sentiu medo? No começo da carreira, você não

pensava: 'E se eu não conseguir ser um bom afinador, o que vou fazer?'."

Ainda deitado no banco, Yanagi voltou os olhos para mim.

"Não, não senti medo. Ou será que senti?", ele disse e estreitou os olhos. "Você está com medo?"

Assenti calado.

"Qual é o problema? Se você tem medo, vai se esforçar bastante. Vai tentar melhorar a técnica dedicando-se ao máximo. Desfrute mais um pouco desse medo. É natural o que você sente. Afinal, você está absorvendo muitas coisas com força total", Yanagi soltou uma risada. "Está tudo bem, Tomura."

"Não está tudo bem. Eu fico apavorado, com medo..."

Yanagi levantou o braço e me interrompeu.

"Quem é que, além de fazer os serviços cotidianos durante o expediente, afina o piano da loja todo dia? Quantos pianos você afinou ao todo? Quantos livros sobre técnicas de afinação você tem na sua mesa do escritório? Estudando desse jeito, lendo tantos livros, você acumula muito conhecimento. E em casa você escuta as coletâneas de músicas para piano toda noite, não é? Está tudo bem. Você pode sentir medo à vontade."

Sentia medo, mas a realidade era bem mais assustadora. Estava longe de conseguir afinar do jeito que eu queria.

"Será que não é preciso talento para ser um afinador?", tomei coragem e perguntei.

Yanagi virou o rosto para mim.

"É claro que certo talento é necessário."

Sabia. Até fiquei aliviado ao ouvir a resposta. Ainda não era o momento. Não chegara ao estágio de ter o meu talento testado.

Não tenho talento. Era mais fácil admitir isso. No entanto, isso não era o mais importante para o afinador. Pelo menos, no estágio atual, não era de talento que eu precisava. Vinha tentando me convencer disso, para me encorajar. Não posso enganar a mim mesmo usando a palavra *talento*. E nem posso usá-la para desistir. Experiência, treino, esforço, sabedoria, tato, persistência e, acima de tudo, paixão. Se me falta talento, vou compensar com todo o resto. E se um dia perceber que existe algo que não pode ser compensado, poderei desistir.

Essa possibilidade me amedrontava. Devia dar muito medo reconhecer a própria falta de talento.

"Mas será que o talento não aparece quando você se dedica àquilo que ama? Obsessão, garra, ou algo parecido que não deixa você se afastar, aconteça o que acontecer. Tento pensar dessa forma", disse Yanagi, quase murmurando.

# 13

Chamei por Akino. Mas ele não respondeu.

"Akino!", chamei mais uma vez.

Dessa vez ele ouviu e levantou a cabeça.

"Que foi?", ele levou a mão até a orelha esquerda e tirou algo dali.

"Que isso?"

"Protetor auricular."

Será que ele acha o escritório barulhento? Mas depois me dei conta: era por causa da afinação. Ele tomava cuidado com os ouvidos.

"Os meus ouvidos são sensíveis", disse sério. "Que foi?"

"Posso acompanhar o senhor?"

"Onde?"

Eu queria aprender a técnica de Akino para regular os pianos igual aos aparelhos de som estéreo. Percebi que ainda me faltavam muitas coisas e que também desejava aprender com ele.

"Acompanhar o senhor durante uma afinação. Por favor", eu baixei a cabeça.

"Não, não pode. Não vou conseguir me concentrar", ele franziu a testa.

"Desculpe. Mas, por favor, é muito importante", eu me curvei mais uma vez.

Akino observou por um tempo o protetor auricular amarelo na palma da mão.

"Acho que não vai ser nada interessante."

Apesar da relutância, ele concordou. Interpretando dessa maneira, agradeci de antemão:

"Muito obrigado!"

"Não tem nada de mais. É uma afinação comum."

Eu quero saber como ele trabalha. Quero ver como é essa sua afinação comum.

"Muito obrigado!"

Ainda com a testa franzida, ele tapou os ouvidos.

A casa do cliente que Akino visitou no dia seguinte de fato era comum. Uma casa sem nada de especial e um piano de armário de modelo popular. Mas o modo de afinar de Akino não era comum.

Ele era muito rápido. Mais rápido que qualquer outro afinador que eu já tinha visto. O trabalho que costumava durar duas horas levou só uma. E não era só isso: parecia que ele fazia tudo com muita facilidade. Quase tive a ilusão de que a afinação fosse uma tarefa extremamente fácil. Os movimentos eram precisos e não havia nenhum desperdício. Ele concluiu o trabalho em pouco tempo, colocou de volta o painel frontal que havia sido retirado e limpou o teclado e a tampa superior de mogno com um pano.

Akino apoiou de volta sobre o piano a partitura do método *Escola preparatória do piano* de Ferdinand Beyer, que havíamos encontrado sobre o instrumento, e chamou a cliente, que estava no quarto dos fundos. Conversou com ela de forma amável — o que não era de se esperar, para quem o conhecia no dia a dia — e definiu a data aproximada da próxima afinação, um ano depois.

Assim que saiu da casa despedindo-se cordialmente da cliente, voltou a ser o Akino de sempre, taciturno. Caminhamos lado a lado até o carro, estacionado num lugar um pouco distante.

"Eu falei que não tinha nada de interessante."

"Pelo contrário, para mim foi interessante!"

"É mesmo? Para mim não foi."

"Desculpe", eu disse.

"Ah, não é por sua causa", Akino abanou a mão de leve. "O trabalho acabou rápido. Nessa casa, eu só ajusto a afinação do piano e não faço nada de especial. Você reparou? É uma criança do ensino fundamental, que toca Beyer."

Vi a partitura sobre o piano. Mas não era raro uma criança em idade escolar estudar através daquele método.

"Você não percebeu pela altura da banqueta? A criança já está no quinto ou sexto ano. E ainda usa o método de Beyer. Significa que não é muito dedicada ao estudo do piano."

"É mesmo?", disse.

Mas eu não me conformava. Mesmo que a pessoa que tocava não fosse dedicada, por que o afinador faria um trabalho sem dedicação?

Além do mais, eu gostava das músicas de Beyer. Certo dia, quando andava na rua, ouvi alguém tocando piano em uma das casas. Era uma melodia simples e delicada. Que bonito, pensei. E era Beyer.

"Mas acabei rápido não porque fui displicente. Se for só para ajustar o som, consigo fazer em meia hora."

Observei com os meus próprios olhos e pude mesmo confirmar isso. O trabalho de Akino era feito com base na sua experiência e técnica e em nenhum momento ele ficou indeciso. Por isso era rápido.

"Um tempo atrás, você disse que não achava certo um afinador se adaptar ao cliente. Não foi, Tomura?"

Ele se lembrava? Fiquei surpreso. De fato eu pensava assim. Mas não me lembrava de ter dito. O fato de ele ter prestado atenção na minha impressão e não ter se esquecido me surpreendeu.

"Uma pessoa acostumada a andar de moto 50 cilindradas não consegue andar de Harley-Davidson. É a mesma coisa. Se você deixa as teclas do piano muito sensíveis ao toque, a pessoa pouco habilidosa não consegue tocar bem."

Enquanto girava a chave na porta do carro, tentei fazer uma pequena objeção.

"Mas se a pessoa treinar, ela consegue andar de Harley."

"Mas será que ela quer andar? Pelo menos, no momento atual, não consegue andar. E nem mostra intenção de querer. Então, pensando no bem dela, devemos fazer a manutenção da moto 50 cilindradas da melhor forma possível."

Talvez ele tivesse razão.

"Para falar a verdade, eu também prefiro uma regulagem mais sensível. Mas tento evitar. Normalmente regulo para que o piano não ressoe muito. Quando as teclas são muito sensíveis, fica mais fácil escutar quando o pianista erra. Dependendo do cliente, prefiro deixar o piano não muito sonoro."

"Entendi..."

Ao sentar no banco do passageiro, Akino fechou a porta praticamente sem ruído algum.

"Não há nada de interessante. Eu prefiro Harley, se puder escolher", dizendo isso, ficou observando a paisagem pela janela.

Não consegui dizer nada. Ele podia escolher, mas preferia se abdicar. A pessoa com pouca habilidade não consegue tocar um piano sensível demais. Não era descaso de Akino, era apenas respeito. Com um taco de beisebol profissional você acerta a bola mais longe, mas ele é pesado demais para uma criança inexperiente.

"Mas é um desperdício..."

Para Akino, para o piano, para a criança que tem de treinar com um taco de madeira.

Akino já estava com o protetor auricular e não disse mais nada.

# 14

"Ele vem no ano que vem!", Kitagawa estava eufórica ao dizer o nome de um pianista renomado.

Era um pianista francês, conhecido como príncipe do piano ou algo assim.

"Ah, é?", expressei surpresa.

"É, vem para uma apresentação na sala de concerto de lá."

Ela se referia ao território vizinho. Numa cidade ali perto havia uma sala de concerto esplêndida. Eles tinham vários pianos de cauda, entre eles um da marca Riesenhuber. Quando um pianista famoso fazia turnê no Japão, os ingressos esgotavam meses antes e o piano escolhido era sempre dessa fabricante. Para ser considerada uma sala de concerto de primeira categoria, era preciso ter esse piano, então era compreensível que muitos pianistas preferissem lá. O problema era que apenas afinadores certificados pela Riesenhuber podiam afinar os instrumentos, e por isso a nossa loja ficava excluída.

"Ah", Yanagi, que parecia ouvir a conversa, encolheu os ombros. "A sala 'de lá'."

A Riesenhuber, fabricante tradicional de pianos, enviava sempre os afinadores da empresa para fazer a manutenção de seus instrumentos. Além de não permitir que a manutenção fosse feita por afinadores locais, não deixava nem que eles manuseassem os pianos. Os afinadores enviados eram bons profissionais, claro, mas também eram conhecidos pela arrogância. Não escondiam o desprezo por outros afinadores que não eram da empresa, que tinha grande prestígio.

"Já não gosto da palavra *prestígio*", disse Yanagi. "Acho que é porque considero um mundo completamente distante de mim, com o qual nunca vou me envolver. Eu poderia ficar de ponta-cabeça e afinar um piano, mas não seria suficiente para eles."

"Yanagi, é claro que não vai adiantar ficar de ponta-cabeça. Tem que ficar com os dois pés bem firmes no chão para se equilibrar."

Yanagi me olhou desconfiado. Provavelmente não sabia se eu falava sério ou se era brincadeira.

"Mas nós temos Itadori", ele disse orgulhoso. "A empresa pode ter prestígio, mas quantos afinadores que trabalham lá são melhores do que Itadori? Quantos conseguem proporcionar tamanha satisfação tanto aos pianistas como ao público? Mesmo sendo exclusivos da Riesenhuber, uma fabricante incomparável, deve haver afinadores de vários níveis, do mais alto ao mais baixo. Mas tem alguém mais habilidoso que Itadori? Você não concorda, Tomura?"

Concordei com ele. Mesmo achando que não deviam ter lá nenhum afinador medíocre. Yanagi com certeza sabia disso. Mas o trabalho de Itadori era realmente fantástico. Sem igual.

"Eles só deixam os próprios funcionários fazerem a manutenção dos pianos? Como são mesquinhos. No mundo existem milhares de pianos e milhares de afinadores. Até entendo se fizessem uma competição justa para escolher os melhores. Mas não querem competição. É uma empresa de prestígio, mas é esse o nível deles. Bom, não é da minha conta. Nós buscamos outra coisa."

Yanagi ficou com um olhar pensativo por um tempo. Logo levantou os olhos e perguntou:

"Nada mal meu discurso, não, Tomura?"

"Bem, não sei se é bem assim", fui sincero.

"Ah, é? Bom, deixa pra lá", ele esboçou um leve sorriso.

Mas eu entendia o que Yanagi queria dizer. Em vez de se contentar apenas com a reputação por ser funcionário de uma empresa de prestígio, deviam deixar os afinadores mais habilidosos serem contratados. Mas, na realidade, provavelmente os afinadores deles conheciam melhor o piano da própria empresa.

"Yanagi", Akino disse voltando-se para a nossa direção. "O que você busca?", ele tirara os óculos de metal e olhava para nós. "Você não pode se enganar."

"É mesmo?", respondeu Yanagi. Era visível que ele não concordava, pois tinha enfatizado muito a última palavra.

"Não se trata de 'nós'. Em um concerto ou num concurso, o piano é de quem toca. Um afinador não pode se intrometer."

"Não tenho intenção de me intrometer. Mas nós, afinadores, também podemos ter algum objetivo."

Qual será o objetivo a ser buscado? Eu ainda não tinha a menor ideia.

"Além do mais, o piano não é só de quem toca", disse Yanagi. "É também de quem escuta. De todas as pessoas que amam música."

O silêncio invadiu o escritório.

Akino, que limpava as lentes dos óculos, levantou o rosto.

"Yanagi, você acha que foi um belo discurso, não?", Akino riu.

Atrás dele, Kitagawa cobria a boca para conter o riso.

"Ah, você acha?", Yanagi alisou o cabelo.

Achei que o assunto acabaria ali, em tom de brincadeira, mas não. Akino prosseguiu, o que era raro:

"Acho que todo afinador busca afinar o piano de um pianista renomado e vê-lo soar o instrumento. Mas é uma pequena parcela que consegue chegar até lá", interrompeu sua fala. "Uma pequena parcela, só aqueles com sorte."

Ele disse "sorte", mas talvez quisesse usar outro termo.

O telefone da mesa de Akino começou a tocar e o assunto foi encerrado.

Será que eu estava entre a parcela daqueles com sorte? Supunha que não. O tipo de som que um afinador afortunado escutara em sua vida é completamente diferente do que eu cresci ouvindo. O som das nozes maduras a cair como chuva no meio da floresta; o som do farfalhar das árvores; o som da neve acumulada nos galhos a derreter e escoar, *plinc-plinc*.

Para ser exato, o som não era esse. Seria *plic-plic*? Ou *plonc--plonc* ou *flic-flic*? O ouvido conhece muitos sons que as onomatopeias não conseguem reproduzir. Não diria que esses sons que eu conhecia não serviam para nada. Nem me envergonhava de conhecê-los. Mas isso não era suficiente. Definitivamente, me faltava alguma coisa.

Os ouvidos familiarizados com piano, adestrados pelo instrumento desde criança, e os ouvidos que não ouviram praticamente nenhuma música. Entre eles, era natural não haver a mesma sensibilidade para a escuta.

Mas o que me incomodava não era isso. Eram as palavras de Akino. *O que todo afinador busca*. Mas talvez eu não buscasse. Por mais que tentasse, não conseguia imaginar um pianista renomado tocando no palco um piano afinado por mim.

# 15

Naquela mesma tarde, Yanagi levantou-se da sua mesa e veio até mim.

"Cancelaram", ele disse.

Ele acabara de desligar o telefonema que Kitagawa lhe passara. Estava com a testa franzida. O que era raro. Era comum cancelarem um agendamento, mas Yanagi não costumava reagir dessa forma.

"O que aconteceu?", no meio da fala já me dei conta. "Os Sakura?"

Era a casa de Yuni e Kazune.

"É. A casa das gêmeas."

"Será que estão na época de provas?"

Ou talvez tivessem uma apresentação em breve. Às vezes o cliente cancelava porque não quer interromper o treino por duas horas, tempo que dura a afinação. Talvez as gêmeas tivessem preferido praticar.

"Não, não é isso. Não foi adiamento. Cancelaram."

Senti um leve tremor no meu coração.

"Algum acidente?", disse sem querer.

"Não diga uma coisa dessas", Yanagi levantou a voz.

Não queria nem imaginar, mas um acidente explicaria tudo. O que mais poderia ser?

"Quer telefonar?"

Balancei a cabeça. Não tinha coragem. Receava o que pudesse escutar.

Yanagi se afastou. Resolvera ligar para elas direto do celular pessoal. Não quero saber, pensei. Porque havia me dado conta de outra possibilidade. Yuni e Kazune estão bem. Tocam piano todos os dias. Mas cancelaram a afinação pois decidiram contratar os serviços de outro lugar.

Infelizmente podia ser algo assim. Mas, se as duas estavam bem e continuavam tocando piano, essa possibilidade era melhor do que muitas outras, com certeza.

Yanagi voltou depois de um tempo.

"Ela não está conseguindo tocar."

Não quis acreditar.

"Tocar piano? Qual delas?"

"Não sei. A mãe não disse. E eu não podia perguntar 'mas qual delas?'."

Qual era, afinal: Yuni ou Kazune?

"A mãe disse: 'Minha filha não está conseguindo tocar piano, então vamos aguardar mais um pouco para afiná-lo'."

Qual das filhas? Não queria nem imaginar a possibilidade de uma delas não conseguir tocar. Nos meus ouvidos, no entanto, eu escutava uma melodia. Embora não quisesse nem imaginar, logo percebi quem eu desejava que continuasse a tocar.

Era um sentimento estranho. Como se houvesse pedras no fundo do meu estômago. Não conseguia entender o que eu estava sentindo. Mas de súbito tudo fez sentido.

Kazune. Eu gostava do som de Kazune. Queria que fosse ela a continuar. E para isso Yuni teria de ser a irmã que não estava conseguindo tocar.

A temperatura do escritório parecia ter caído de repente. Sacudi a cabeça com força para espantar o pensamento, mas meu desejo era apenas de que fosse Kazune a continuar com o instrumento. E se só uma delas estava tocando, então era como desejar que Yuni não estivesse tocando.

É quase como desejar que todos, exceto um, sejam derrotados em um concurso de piano para que assim haja um vencedor. Mas ninguém o culparia, pois é apenas um desejo. E nem sempre o desejo se torna realidade. Os frutos vão cair das árvores, não importa se eu estarei ou não por perto. Alguém vai rir e alguém vai chorar.

Tomara que Kazune continue a tocar piano. Foi o que desejei, tentando não me lembrar do sorriso alegre de Yuni.

No dia seguinte, fui visitar um cliente novo. Foi providencial, porque eu não queria pensar nas gêmeas.

Quando a pessoa ligou para agendar o serviço, Kitagawa coletou algumas informações: tratava-se de um piano de armário relativamente velho, que ainda era tocado, mas não se sabia quando fora afinado pela última vez.

"Você pode atender o cliente, Tomura?"

Quando Kitagawa perguntou, claro que aceitei. Queria me encarregar do maior número de clientes possível e afinar o maior número de pianos, já que minha experiência era ainda insuficiente. E por isso eu tinha o menor número de clientes entre meus colegas de trabalho.

"Talvez seja um cliente complicado", disse Kitagawa.

Melhor um cliente complicado do que um piano complicado. Nem sempre um cliente assim significava um piano com problemas. No entanto, um piano com problemas significava sempre problemas com o cliente.

Era difícil recuperar o timbre original de um piano que não fora cuidado com a devida atenção. Havia casos em que já não servia mais como instrumento musical. Alguns clientes, ao serem informados de que o piano necessitava de conserto, não aceitavam. Nessas horas, minha decepção era tanta que eu chegava a me assustar com minha própria reação.

"Bom, mas acho que tudo bem. Pela voz, é um rapaz na faixa dos vinte", disse Kitagawa sorrindo.

Ela devia ter razão. Resolvi não perguntar que tipo de problema poderia haver.

Pus o endereço no GPS do carro e dei a partida. Cheguei a uma casa de blocos marrons, uma construção comum naquela área, com casas assim enfileiradas. Ela ficava num trecho do bairro que batia pouco sol.

A casa não tinha placa identificando a família, e quando toquei a campainha quem atendeu foi um homem que aparentava ser da mesma faixa etária que eu.

"Muito prazer. Sou Tomura", eu me apresentei, mas não obtive resposta.

Era uma casa pequena. Logo na entrada havia uma porta que deveria dar para o banheiro. Passamos pela porta oposta, que dava para a cozinha e, ao atravessá-la, chegamos à sala dos fundos. Havia uma porta de correr em um dos lados, que parecia dar para o quarto, e na parede do lado oposto estava o piano. O instrumento tapava cerca de um terço da janela.

O homem se chamava Minami. Sem levantar o rosto, ele indicou o piano levantando o ombro. Achei que ele talvez tivesse problema de fala, mas Kitagawa dissera que fora ele mesmo quem ligara. Usava blusa de moletom com capuz meio esgarçado e uma calça também de moletom. Elas lhe pareciam tão confortáveis, devia usar aquela roupa o tempo todo.

O piano de armário que ele afirmara não saber quando fora afinado pela última vez já perdera o brilho da cor preta, e os painéis superior e frontal estavam turvos e esbranquiçados. Sobre o painel superior havia muitas coisas além de partituras, mas não tinha pó acumulado e parecia mesmo ainda ser tocado com certa frequência.

"Então vou começar o trabalho", eu disse ao homem, que insistia em não olhar para mim, e apoiei no chão a bolsa com as ferramentas.

Abri a tampa do piano e pressionei uma tecla. PLIIIM… Fiquei atônito. Estava claramente desafinado. Pressionei a tecla ao lado, e também estava desafinada. A do lado, a outra, a outra, e a outra também. O som distorcia, não tinha ressonância e tudo estava tão desregulado e errado a ponto de me dar enjoo. Vai dar muito trabalho, intuí. Será que vou conseguir afinar?

"Vou começar o trabalho. Acho que vai levar um tempo razoável. Pode ficar à vontade. Se precisar de alguma coisa, chamarei o senhor."

Normalmente verificava, antes de começar o trabalho, que tipo de som o cliente desejava, mas não fiz isso dessa vez. Deve dar tempo só de deixar tudo afinado. O homem não mostrou nenhuma reação.

Antes de mais nada, removi tudo o que havia sobre o painel superior, abri-o e retirei também o painel frontal. Havia uma grossa camada de pó no interior. Ao verificar o papel amarelado do histórico de manutenção afixado no painel lateral, vi que a última afinação fora feita quinze anos antes.

Mas percebia-se que o piano não estava abandonado. Havia sinais de que fora tocado. Por isso a dúvida aumentava. Se estava tão desafinado assim, o que ele tocava? Como fazia?

Comecei aspirando o pó acumulado no interior com um aspirador de pó portátil. Talvez o cliente tocasse de vez em quando com a tampa do instrumento aberta, pois havia muitas coisas misturadas no meio do pó: clipes, protetor de lápis, elástico, nota de mil ienes, foto desbotada.

Ao limpar o pó da foto com um lenço de papel, apareceu um menino acanhado posando na frente do piano. Deixei os objetos ao lado de revistas e da caixa de lenço de papel que estavam sobre a tampa.

Provavelmente porque a parte de trás do piano estava encostada na janela, o instrumento parecia acumular umidade. Havia cordas quase enferrujadas e hastes dos martelos deformadas. Enquanto verificava cada uma das peças, ficava em dúvida: será que vou conseguir? O problema era anterior à afinação. Como as cordas ainda se mantinham inteiras, sem rebentar? Será que vou conseguir recuperar este instrumento quase avariado? Não tinha certeza.

Ao tentar pegar outro lenço de papel para limpar a sujeira da corda, olhei de relance a foto. Pestanejei. Esse menino. Havia semelhanças, e me dei conta de que o menino gracioso da foto era o rapaz que me atendera. Como ele não levantara o rosto e como os ares estavam muito diferentes, eu demorei a perceber.

Peguei a foto e a observei. Tinham os mesmos traços. Não sabia o que havia acontecido no longo intervalo de tempo. Mas o menino sorridente da foto era esse que pediria, anos depois, já com a aparência completamente diferente, o serviço de afinação. O rapaz já não sorria mais. Não olhava nos olhos, não falava. Foi então que me ocorreu de súbito. Havia esperança. Ele contratara o serviço de afinação. O estado do piano podia ser deplorável, mas, se ele queria que o instrumento fosse afinado, era porque ainda pretendia tocar. Havia esperança.

Alguns pianos ficavam esquecidos por muito tempo no canto de uma sala, abandonados num ambiente lastimável. Mas há esperança. Quando alguém nos chamava era porque pretendia tocar. Por piores que fossem as condições, uma vez afinado, o piano voltaria a ser tocado.

O que eu podia fazer? Não era preciso pensar. Não havia nenhuma sombra de dúvida. Devolver o piano ao seu melhor estado possível.

A casa era pequena. Sempre sentia a presença do rapaz em algum lugar. Mesmo quando estava concentrado no trabalho, mesmo quando apurava os ouvidos para escutar cada vibração das ondas sonoras, sentia que o rapaz também estava de ouvidos atentos no quarto ao lado.

Talvez depois de afinado ele fosse vender o piano. Achava que existia essa possibilidade. Vender ou não vender. Mas tudo bem, sem problema. Mesmo que não fosse possível devolver o piano ao estado de quando chegara à casa, eu poderia tirar proveito dos anos que se passaram para que ele voltasse a ser capaz de soar com toda a força possível.

"Terminei", quando chamei o rapaz, ele veio de pronto.

Continuava evitando meu olhar.

"Alguns martelos estavam tortos e algumas cravelhas, frouxas. Talvez precise de um conserto, mas hoje meu trabalho se limitou a medidas de emergência."

O rapaz continuou cabisbaixo enquanto eu explicava.

"Você poderia tocar para ver como ficou?", perguntei.

Depois de um tempo, ele balançou a cabeça vagamente.

Achei que uma pessoa que não conseguia levantar os olhos para o visitante também não seria capaz de tocar piano na sua frente. Por isso, quando ele pressionou, com o dedo indicador da mão direita, o Dó logo acima do buraco da fechadura, eu fiquei feliz.

Soou inesperadamente forte. O rapaz continuou com o dedo na tecla e não o moveu. Só com essa nota não dá para saber o resultado do trabalho. Quando eu ia sugerir que tocasse um pouco mais, ele se virou devagar. Havia um ar de surpresa no rosto dele. Seus olhos se cruzaram com os meus uma vez e se desviaram. Em seguida ele pressionou o Dó mais uma vez com o dedo polegar. E continuou: Ré, Mi, Fá, Sol... Ele procurou a banqueta abanando a mão esquerda atrás de si. Quando os dedos a alcançaram, ele a puxou sem se virar e sentou. Com cuidado, tocou a escala inteira com as duas mãos, nota por nota, começando por Dó.

Geralmente eu não conseguia relaxar quando o cliente estava testando o piano. Ficava tenso, pois o trabalho era avaliado bem na minha frente. Mas nesse momento o clima estava mais brando do que antes da afinação.

O rapaz se virou e me olhou sobre o ombro.

"O que achou?", perguntei, mas nem era preciso perguntar.

O rapaz ria. Tal qual o menino da foto. Que bom, mal tive tempo de pensar, pois, ao se virar para o piano, ele começou a tocar uma música.

Com sua blusa e calça de moletom cinza, e com o cabelo despenteado, o rapaz tocava o piano arqueando seu grande corpo. Como o ritmo era lento, demorei a perceber que era *A valsa do cachorrinho*, de Chopin.

Demorei para conseguir visualizar, mas aos poucos passei a ver o cachorrinho. Eu já estava arrumando as ferramentas de afinação quando, surpreso, olhei para o rapaz de costas. O cachorrinho de Chopin era um de raça pequena, como o maltês, mas o do rapaz lembrava uma raça como akita ou golden retriever, um filhote grande e um pouco desajeitado. O ritmo era lento e a melodia não era uniforme, mas dava para notar que ele tocava com satisfação, feliz como o menino da foto ou como um cachorrinho alegre. De vez em quando, ele aproximava o rosto do teclado e parecia cantarolar.

Alguns cachorrinhos são assim. E alguns pianos também.

Eu observava o rapaz, que tocava compenetrado, e, assim que a breve música acabou, ofereci-lhe aplausos do fundo do coração.

## 16

Assim como cada pessoa tem seu lugar no mundo, cada piano tem o lugar mais adequado para si. O piano da sala de concerto é imponente, tem brilho e nos fascina com seu som deslumbrante. Eu pensava assim. Mas quem garante que é o som mais belo? Quem decide isso?

Depois daquela visita, lembrei várias vezes do rapaz. Usava blusa e calça de moletom, não olhava nos meus olhos. Ninguém ouvia ele tocar. Ele não tocava para os outros. Para ele, ter ou não ter público não era importante. Deu para notar que seu coração, até então fechado, se abria lentamente à medida que ele tocava. O rapaz se divertia e eu podia sentir aos poucos a presença daquele cachorrinho. Aparentava se divertir. E parecia feliz. Ou melhor, ele era a própria felicidade enquanto tocava.

Aquele piano era para ser tocado por aquele rapaz, naquela casa. Não era uma performance para uma sala de concerto. E tudo bem ser assim. Aquela alegria secreta não pode ser experimentada numa apresentação. Com aquele piano, podia-se sentir o cheiro do cachorrinho, tocar os pelos macios do animal. É música da mais alta qualidade.

Tive a sensação de compreender o tipo de pessoa que lhe ensinara piano. E os resultados disso. A música estava lá para tornar a vida mais prazerosa. Era nítido. Não era música para competir com outras pessoas. Mesmo num concurso, o ganhar ou perder já está decidido: vence quem se diverte mais.

A música a ser ouvida num concerto, com uma plateia grande, e a música a ser ouvida bem de perto, capaz até de se sentir a respiração: elas não devem ser comparadas. Não se trata de uma ser melhor do que a outra. A alegria que emana da música está em ambas, a experiência apenas que é diferente. Não se pode comparar o resplendor do mundo quando o sol nasce e quando o sol se põe. Não se pode dizer que um é melhor do que o outro. O sol que nasce e o que se põe são o mesmo sol, mas a beleza é de um tipo diferente. Não seria o mesmo? Impossível comparar. Não faz sentido. Algo que para muitos não tem valor pode ter um valor inestimável para uma única pessoa.

Será que eu realmente queria que um pianista renomado tocasse num piano afinado por mim? Se esse é o desejo de muitos afinadores, talvez o que eu almejo seja outra coisa.

Não quero ser afinador de pianos de concerto.

Pode ser que não fizesse sentido decidir isso no estágio em que eu estava. Depois de vários anos de experiência, treinamentos e estudos árduos, uma pequena parcela — uma parcela de sorte — conseguiria se tornar afinador de concerto. Mas ao descartar essa possibilidade no momento presente, poderia significar que eu fugia de algo.

Mas aos poucos comecei a me dar conta. A música não é competição. E o mesmo vale para a afinação. O trabalho do afinador deveria estar o mais longe possível de uma competição. Se havia algo a ser almejado, seria um estado da alma, e não um lugar em um ranking. Ou será que eu estava errado?

*Uma escrita clara e serena, cheia de brilho e repleta de nostalgia. Um pouco sentimental, mas capaz de expressar seriedade e profundidade. Bela como sonho, mas firme como a realidade.*

Lembrei da frase de Tamiki Hara que tinha lido várias vezes até decorar. A frase em si era bonita e só de recitar eu já me sentia mais alegre. Não havia como expressar melhor o que eu almejava na afinação.

Recebi a notícia de que minha avó estava mal, em estado grave. Fui às pressas para a casa dos meus pais, mas não cheguei a tempo. Minha avó já havia dado o último suspiro.

Fizemos um funeral simples na montanha, com a família, poucos parentes e os moradores do vilarejo.

Ela nascera numa aldeia pobre e solitária, casara-se muito nova e fora morar na montanha com o marido. Trabalhavam com madeira, e parece que sempre foram pobres. Os companheiros que tinham se estabelecido na montanha na mesma época foram deixando o vilarejo, um após o outro, restando ali poucas famílias. Ficou viúva quando tinha um pouco mais de trinta anos e começou a trabalhar na fazenda de um conhecido que começara a criar gado, desistindo do trabalho anterior. Criou sozinha um casal de filhos. A filha deixou a montanha depois de concluir o ensino fundamental e casou-se na cidade. O filho saiu para cursar o ensino médio na cidade, mas voltou e arranjou emprego na prefeitura. Ele se casou e nasceram eu e o meu irmão. Era essa a vida da minha avó que eu conhecia. Era uma mulher trabalhadeira e taciturna.

Atrás de nossa casa, na borda da floresta, havia uma cadeira de madeira quase desmoronando. Ela estava ali desde sempre, segundo minhas lembranças mais remotas. Minha avó sentava nessa cadeira de vez em quando e ficava observando a floresta, que se estendia até bem longe. Eu achava que não havia nada além da floresta, mas sem dúvida ela via algo mais.

Senti a presença de alguém atrás de mim e me virei. Meu irmão vinha na minha direção, enrolando o cachecol no pescoço.

"Que frio!", e parou ao meu lado, perto da cadeira. "Nada mudou. Estranho, não é?", ele disse olhando ao redor e riu.

"É verdade", eu também concordei com um riso.

Mas, na realidade, os pés de bétulas plantados na frente da casa estavam visivelmente mais altos do que quando morávamos ali.

O vento soprou e o meu irmão encolheu o corpo.

"Fui para a praia no verão", ele disse.

"Hmm."

"Com os colegas da universidade."

"Nadou?", perguntei.

Meu irmão riu e balançou a cabeça.

"Não. Você sabe que não."

Nós não sabíamos nadar. Não existia piscina nas pequenas escolas da montanha que frequentamos, só havia uma piscina pública na cidade que ficava na base da montanha, e algumas crianças faziam natação lá. Quando concluímos o ensino fundamental, nós dois não conseguíamos sequer flutuar na água.

"Você já viu o mar?", ele perguntou.

"Já."

Fui à parte sul de Hokkaido numa excursão no fim do ensino fundamental. Vi o mar do Japão no outono. Quando frequentei o curso para afinadores, morava perto do porto. Mesmo assim quase nunca ia ao mar.

Passou outra rajada de vento. O meu irmão encolheu o corpo e as árvores balançaram.

"Ao caminhar perto do mar, parece que se está ouvindo as montanhas ao anoitecer."

Senti o meu coração pulsar. O som das montanhas à noite. Será que eu sabia como era esse som? Tentei lembrar, mas só me vinha o silêncio impenetrável que as envolvia ao anoitecer.

"Nas noites de vento frio como hoje, você escuta, não? O som das árvores balançadas pelo vento. Parece um uivo."

"Ah."

Será que ele se referia ao som das árvores se movendo? Milhares, dezenas de milhares de árvores uivando, com as folhas a tremer e os galhos a balançar. Lembrei das vezes em que meu irmão, assustado, se escondia sob as cobertas na cama da minha avó.

"A gente ouviu aquele som à beira-mar, e sem querer procurei pelas montanhas, embora estivesse no mar. Perguntei então a um colega o que era aquele som."

"Hmm."

"Ele disse que era o movimento das águas do mar."

Já ouvira falar desse som. Mas não sabia que se parecia com o som das montanhas à noite.

"Era estranho ouvir ali o mesmo som da montanha", ele disse olhando a copa das árvores ao longe.

"Será que as pessoas que cresceram perto do mar ficam surpresas quando escutam aquele som nas montanhas?"

Voltei o olhar para o céu, que começara a tingir-se de violeta. A lua tinha acabado de surgir por trás do topo da montanha. Eu olhei sorrateiramente para o meu irmão. Sua fisionomia sempre foi tão afetuosa assim? Tive a impressão de que fazia muito tempo que não olhava bem para o seu rosto. Meu irmão mais novo, que vivia chorando quando era pequeno. Como ele dava muito trabalho, eu, como irmão dois anos mais velho, tentei ser uma criança dócil. E, quando me dei conta, éramos vistos como o irmão mais velho obediente e quieto e o irmão mais novo carinhoso e amado por todos. E não me recordava de ficar aborrecido com isso.

Naquele momento, porém, observando o rosto do meu irmão, senti que algo se derretia dentro de mim. Significava que havia rancor? Na escola, o meu irmão tinha as notas um pouco melhores. No esporte, ele era um pouco melhor. Será que eu tinha inveja dele por causa disso? E também porque minha mãe e minha avó amavam mais o meu irmão?

"Você se sentia culpado de não ter voltado para casa, não é?"

Meu irmão se virou para mim e os nossos olhos se cruzaram.

"Você parecia constrangido quando disse que decidiu se tornar afinador."

"É mesmo?"

"É, naquela hora a vó disse que você não precisava se sentir constrangido. Que não tinha que se preocupar em prosseguir com os negócios da família. Acho que falava para mim também."

Prosseguir o quê? Me calei, pois ia fazer uma pergunta boba. Nascemos e crescemos naquele lugar. Se havia vestígios da vida na montanha, já os tínhamos dentro de nós, em nosso corpo.

"Desde criança você falava de coisas grandiosas e surpreendia a gente."

Olhei para o meu irmão, sem entender.

"Eu?"

Coisas grandiosas? Quando? Não era ele quem dizia coisas grandiosas? Ele falava sobre um futuro brilhante e deixava a minha mãe e a minha avó felizes.

"Esqueceu? Quando você disse entusiasmado que o som do piano se conecta ao mundo todo. Não é algo que as pessoas costumam falar, *mundo todo*. Eu ainda não vi quase nada desse mundo."

"Eu também não."

Mas aqui também é o mundo. Não dá para ver tudo, mas com certeza faz parte do mundo.

"Mundo, música, você está sempre lidando com coisas grandes", meu irmão riu. "Aqui, este lugar... não é o mundo. É uma simples montanha, não? Não conheço lugar mais remoto do que este", ele disse isso esfregando as palmas da mão. Em seguida repetiu: "Que frio, que frio. Vamos ficar resfriados. Vamos entrar".

Como meu irmão insistiu, eu me levantei.

"A vó dizia: 'Eu não entendo nada de piano nem de música, mas seu irmão gostava da floresta desde pequeno. E, mesmo quando ficava perdido, sempre voltava para casa sozinho. Então não precisamos nos preocupar'."

Meu irmão começou a andar sem olhar para mim. Quando estávamos na porta, ele disse mais grosso, como se estivesse bravo:

"Você é sempre assim, indiferente. Confunde os outros." O rosto dele estava muito vermelho. "Ela sempre teve muito orgulho de você."

Claro que não, tentei dizer mas senti a garganta engasgar.

"Por que ela morreu? Não queria que morresse. Não sei o que fazer sem ela."

Ao ouvir sua voz embargada, o que estava preso na minha garganta se soltou de repente.

"Eu também não queria", expeli numa voz que não parecia minha.

Ah, nessas horas a gente pode chorar. Antes de concluir o pensamento, as lágrimas já escorriam. Abracei meu irmão. Quando foi a última vez que o havia tocado assim? Algo que há anos eu havia afastado da minha vida, agora voltava para mim com toda a força. Senti que os contornos do mundo se tornavam um pouco mais nítidos.

Na manhã seguinte, caminhei na floresta. Pisei no capim e alisei o tronco castanho-avermelhado das árvores. Escutei o canto de um pássaro. Que saudades. Será que tinha esquecido? Será que o meu coração se afastara deste lugar? O vento soprou e senti o cheiro da floresta. As folhas balançaram e os galhos sussurraram. Quando a folha verde caía da árvore, ouvia-se um som impossível de encontrar em qualquer escala musical. Ao encostar o ouvido no tronco, senti o leve som das raízes absorvendo a água. O pássaro cantou mais uma vez.

Eu conhecia. Eu conhecia, sim. Tive vontade de gritar. Eu conhecia o som daquela árvore sussurrando. Foi por isso que senti saudades. Foi por isso que me emocionei.

Eu conhecia o verdadeiro som do piano. Desde muito tempo antes. Talvez o primeiro instrumento musical tivesse nascido na floresta.

O som da montanha à noite... ecoava a voz do meu irmão.

Eu não tinha percebido. Aquele som da montanha esteve sempre dentro de nós. Era o som que a nossa avó via. Era o som que ela escutava.

# 17

Quando fui à recepção depois de receber a chamada, deparei com Yuni. Uma das gêmeas da família Sakura. A mais nova. O meu coração bateu mais forte.
"Olá", ela se curvou sorridente como sempre.
Tive vontade de correr ao encontro dela.
"Tudo bem?", perguntei me forçando para ser natural.
"Tudo bem."
Ouvindo a voz alegre de Yuni, eu também fiquei mais animado.
Havia se passado muito tempo desde que cancelaram a afinação do piano das gêmeas. A minha filha não está conseguindo tocar, foi o que a mãe disse, e desde então não tivemos mais notícias. Teria sido estranho entrar em contato para perguntar o que tinha acontecido. Mesmo que eu sempre receasse por elas.
Kazune e Yuni. Não comparava as duas irmãs, mas sim como elas tocavam piano. Eu gostava muito mais do som de Kazune. Para mim era impensável não poder mais ouvi-la. Ao mesmo tempo, eu me senti culpado em pensar dessa forma. Por Yuni. E me sentia mal também por me sentir culpado. O meu consolo era que ninguém sabia do meu desejo nem do meu sentimento de culpa.
Por isso fiquei feliz ao ver Yuni na loja. Por ver seu rosto jovial. E então o meu sentimento de culpa ficou um pouquinho mais leve.
Ao ver sua expressão, percebi: então é Kazune que não consegue tocar. Yuni continua tocando. Mas fiquei feliz por ver Yuni, de verdade. Que bom que ela está bem. Claro, seria melhor se Kazune também estivesse bem.

"Desculpe outro dia ter cancelado de última hora", ela se curvou com a fisionomia séria.

"Não, tudo bem. Não tem problema", eu também me curvei.

Yuni sorriu e disse:

"Parece que é uma doença estranha."

Como ela falou a palavra *doença* de repente, eu fiquei tenso.

"Não tem nenhum outro sintoma. Só na hora de tocar piano que os dedos não se mexem."

Existe uma doença assim? Foi o que pensei de verdade. Não sabia se dizia "sinto muito". "Se cuide" também seria leviano. Nada me pareceu adequado.

"Tem…", esbocei dizer, "tem cura, não?". Mas engoli as palavras. Era uma pergunta insensível. De que adianta perguntar? Se a doença de Kazune não tinha cura, era cruel demais fazer a irmã admitir isso. Eu me dei conta de que seria imprudente expressar um desejo tão egoísta.

Mas Yuni compreendeu o que eu queria perguntar.

"Ninguém sabe se vai dar para curar ou não. Normalmente não tem cura, mas também não podem afirmar nada com certeza."

Ouvindo-a explicar com tanta calma, senti um arrepio. Talvez Kazune nunca mais volte a tocar piano. Não quero que isso aconteça, de jeito nenhum. Esse sentimento estava ardendo dentro de mim. Mas mesmo que eu não quisesse aceitar, ela estava doente. Essa era a realidade.

"Não faz essa cara. Eu nem estou tão desesperada assim. Aliás, não é verdade. Para ser sincera, fiquei em desespero, sim. Mas agora está tudo bem, estou me reerguendo. Por isso vim aqui para avisar."

Fiquei decepcionado comigo mesmo e não consegui encontrar nenhuma palavra adequada para me expressar.

"Sinto muito", sem conseguir reagir direito, sem conseguir responder de forma adequada, fiquei me remoendo por dentro. "Obrigado por ter vindo."

"De nada", Yuni riu.

Parecia ser a Yuni de antes. Mas só na aparência. Não fazia a menor ideia da tempestade que assolava o coração dela.

"Mas na verdade eu vim por outro motivo. É sobre Kazune", Yuni baixou o tom de voz. "Depois que soube da doença, ficou muito abatida. Ela teima em não entrar na sala de piano. Não sei mais o que fazer."

Kazune tinha motivo para isso, o estranho seria não ficar abatida. Mais do que Yuni, na verdade devia ser Kazune quem não sabia o que fazer.

"Ela nem está doente e mesmo assim não quer tocar. Eu mereço", Yuni disse em tom frio de propósito e franziu o nariz.

Percebi que ela tentava fazer a expressão mais feia que conseguia. Não sabe mais o que fazer. A irmã não toca mais.

Nessa hora a ficha enfim caiu.

Não era Kazune que estava doente. Era Yuni. Yuni não conseguia tocar. A perspectiva se inverteu.

"Kazune está com raiva. Porque eu fiquei doente", assim dizendo, ela inclinou um pouco a cabeça. Em seguida, acrescentou devagar: "Na verdade, não está com raiva de mim, mas da doença. Que não me deixa tocar. E que por consequência não deixa ela tocar".

"E vo... você não está com raiva?"

Quando perguntei, ela ficou um pouco pensativa.

"Estou com raiva."

"Hmm."

Era natural, claro. Mas ela devia estar completamente desnorteada, sem saber a quem dirigir a raiva.

"Agora que eu não consigo tocar, Kazune tem que tocar mais, por nós duas. Mas...", Yuni tentou prosseguir mas não conseguiu e inspirou brevemente duas vezes, com a boca aberta. Parecia que o ar não chegava aos pulmões. Seus olhos pretos se encheram de lágrimas.

Eu queria estender os braços, mas eles permaneceram colados ao meu corpo e não se mexeram. Queria alisar o ombro, as costas, a bochecha de Yuni, queria tentar acalmá-la. Está tudo bem, queria dizer. Mesmo sabendo que não estava.

No exato momento em que as lágrimas iam transbordar, Yuni as enxugou com o dorso da mão. Faz bem chorar, pensei, mas ao mesmo tempo fiquei aliviado por não ver as lágrimas escorrerem.

*Ham, ham.* Alguém pigarreou de forma exagerada. Ao me virar, vi Akino, com a bolsa de ferramentas, tentando passar ao nosso lado. Uma estudante chorando e um incompetente paralisado. Uma cena patética.

Yuni permaneceu cabisbaixa e em silêncio por um tempo, mas, quando levantou o rosto, já não se viam mais lágrimas. Seus olhos e nariz estavam vermelhos. Uma mecha de seu cabelo sedoso estava colada entre a testa e a bochecha.

"Desculpe. Obrigada por me ouvir", ela se curvou num gesto tenso, segurou com a mão direita o cabelo que caiu para a frente e se virou. Em seguida, abriu a porta da loja para sair.

Não sabia o que fazer. Eu ainda estava no meu expediente de trabalho. Mas, por mais que eu voltasse para o trabalho, sabia que ia me arrepender se não falasse mais um pouco com ela.

Corri e a alcancei em uma rua perto da loja. Segurei de leve a manga do uniforme escolar de Yuni.

"Vou te acompanhar."

"Não, não precisa", Yuni mostrou um sorriso sereno.

Mesmo vendo aquele sorriso, não dava para saber. O que ela estava sentindo? Yuni tinha passado na loja, mas saiu com pressa por ficar desapontada com a minha reação? Eu podia deixá-la ir embora?

"Quer tomar um chá?", depois de convidar, pensei onde haveria um lugar por perto para tomar chá.

"Está tudo bem", Yuni respondeu com um sorriso.

Eu não entendi o que poderia estar bem. Mas supus que ela simplesmente recusava o convite.

"Então volte pra casa com cuidado", sem nada mais a dizer, soltei a manga do uniforme e abanei a mão sem ânimo.

Yuni fez um pequeno aceno com a cabeça e voltou a caminhar. Não olhou para trás nenhuma vez até virar a esquina.

E de repente senti uns flocos de neve à minha volta. Já era quase fim de maio. Tinha algo estranho.

Voltei para a loja passando pela rua onde Yuni desaparecera. Quando pus a mão na maçaneta para abrir a porta de serviço, lembrei do céu completamente límpido em pleno inverno. Céu azul e sem nuvens. Quando os raios solares penetravam, faziam os galhos das árvores brilharem em tom prateado. Chegava a ofuscar e fazer arder os olhos. Em dias assim, a temperatura caía muito. Quando fazia vinte e cinco graus Celsius negativos, com certeza era dia de céu claro.

No vilarejo onde cresci, a temperatura chegava a trinta graus negativos no dia mais frio do ano. Só acontecia uma ou duas vezes por ano, e na noite anterior o céu se enchia tanto de estrelas que chegava a nos assustar. No dia seguinte, o céu amanhecia límpido, sem nuvens, e tudo estava congelado: só a neve e o gelo a brilhar. O ar que respirávamos congelava, os cílios congelavam e se, por distração, abríamos a boca, a garganta também congelava. A pele ardia como se estivesse sendo espetada.

Lembrei de uma dessas manhãs congelantes. Quanto mais claro e ensolarado o dia, mais intenso era o frio. Kazune a sofrer e Yuni a rir como se já não estivesse mais preocupada. E, de repente, Yuni derramando lágrimas. Qual delas estava com o coração congelado? Difícil responder.

## 18

*Terraço de um prédio. Estou só, depois da grade de proteção. A ponta dos meus sapatos ultrapassa a borda, que tem uns vinte centímetros. Enxergo os carros e as pessoas bem pequeninas se movendo lá embaixo. Sinto os joelhos fracos, mas tento me manter firme. Levanto os olhos para ver o céu. Ainda consigo aguentar. Só que está ventando. Não sei até quando vou resistir. Será que alguém não pode me ajudar?*

*O vento é impiedoso e está ficando mais forte. O prédio inclinou. Não, é impressão minha. Prédio não inclina. Foi só o meu corpo que balançou com o vento. Sinto um cansaço. As pernas estão trêmulas. Talvez não aguente mais.*

*Mantenho-me firme e resisto. Tento não olhar para baixo e aguento mais um pouco. Mais uma rajada de vento. O meu corpo balança e o prédio inclina mais ainda. Penso em desistir. Vou cair mesmo. Não, ainda não. Vou resistir mais um pouco. Devo ter alguma chance de escapar.*

*Mais outra rajada de vento. O meu corpo se inclina muito para a frente...*


Ao terminar de comer o *bentô*, Akino guardou a caixa envolvendo-a com o lenço xadrez vermelho e fez um nó. Em seguida, levantou o rosto e perguntou:

"O que você achou?"

Não sabia o que responder. Ele havia contado um sonho que tinha com frequência.

"Esses sonhos eram frequentes. Não sei por quê, estou

sempre em um lugar alto e perigoso. Se cair, com certeza vou morrer, e as condições só pioram. Rajada de vento forte, o prédio inclinando. Durante o sonho sei que vou cair, com certeza. Tento resistir me agarrando firme, mas no fim acabo caindo."

Ele explicou com calma.

"Mesmo no sonho, se o senhor cair, morre?", perguntei.

"Não sei. Isso não tem muita importância", Akino inclinou a cabeça.

Então, o que era importante? Para começar, por que me contara o sonho?

"É sempre o mesmo sonho. No começo eu me debatia, espernava, resistia até o limite, mas no fim acabava caindo."

"Que assustador."

"É, não é nada agradável. Acordava encharcado de suor. Mas aos poucos comecei a me dar conta, dentro do sonho: não vou me salvar mesmo. Vou cair, não adianta me debater. Então passei a desistir cada vez mais cedo", Akino esboçou um sorriso leve e me olhou. "Mesmo resistindo por um tempo, sei que se vier uma rajada de vento já era. A última vez que tive esse sonho...", ele interrompeu e olhou para baixo, pensativo. "Ainda hoje lembro muito bem. No último sonho, estava no topo de uma montanha alta. Como percebi que era o sonho de sempre, pulei antes de ser atingido pelo vento ou pela chuva."

Para ilustrar a cena, Akino indicou o salto com o dedo indicador, movendo-o da altura dos olhos até a mesa.

"Eu acordei e não estava suado. Então percebi que desistir é isso."

"No sonho, né? É isso que o senhor quer dizer?"

"O sonho fala por si só. No dia em que sonhei que decidia pular por iniciativa própria, tomei a decisão de me tornar afinador", assim dizendo, levantou-se. "É hora de trabalhar."

"Ah, sim."

Olhei distraidamente suas costas esguias enquanto ele saía do escritório, e então me dei conta. Fui atrás dele. Akino já descia a escada quando parou e se virou ao ouvir os meus passos. Desci correndo a escada e perguntei:

"Quanto tempo o senhor demorou para pular?"

"Quatro anos", ele respondeu sem hesitar.

"Quatro anos", repeti baixinho. Estava em leve estado de choque. Será que Yuni passará os próximos quatro anos com medo de cair? E no fim vai pular por conta própria?

Naquele dia, quando Yuni viera à loja, ela estava chorando no momento em que Akino passara ao nosso lado. Com certeza depois alguém lhe contara o que estava acontecendo. Ele me mostrava, à sua maneira, que era preciso um tempo considerável até ela conseguir desistir do piano.

Não sabia se quatro anos era um período longo ou curto. Mesmo que ele só houvesse desistido depois de quatro anos, talvez tivesse continuado a remoer por muito mais tempo. Se fosse assim, era preferível pular.

Queria perguntar a Akino se ele sentira medo na hora de pular. Mas não tive coragem. Entre o medo que se sente diante da iminência da queda e o desespero durante a queda, parecia preferível pular antes. Quando Akino pulou com determinação, talvez até esboçasse um sorriso como aquele que mostrara momentos antes. Tomara que tenha sido assim.

Eu sabia que Akino queria ter sido pianista. Talvez o tempo e a dedicação despendidos não tivessem sido iguais aos de Yuni. A idade e a personalidade difeririam também. Não dava para simplesmente comparar. Mas eu não queria que Yuni passasse os próximos quatro anos debatendo-se em pesadelos. Será que eu podia fazer algo?

Segui Akino e, quando estávamos na porta de serviço que dava para o estacionamento, tomei coragem e perguntei:

"Por que o senhor desistiu de ser pianista?"

Ele disse com a maior naturalidade:

"Porque o meu ouvido era bom demais", ele mostrou um leve sorriso e continuou: "Eu tinha ouvidos excelentes. Eles sabiam muito bem que o meu som ao tocar e o de um pianista renomado eram completamente diferentes. Meus ouvidos sempre notavam que o som que eu imaginava dentro de mim e o que de fato saía do piano, ou seja, o que os meus dedos produziam, eram completamente distintos. E esse abismo nunca diminuiu, por mais que me esforçasse".

O que me consolava era que Akino não tinha mais aquele pesadelo. Que bom que ele nunca mais voltou a ter.

"Graças a isso, temos um bom afinador", eu disse.

"Tomura, quer dizer que você aprendeu a bajular?", ele riu e saiu.

Naquele dia visitei a casa de dois clientes, o que era raro de acontecer. Quando cheguei ao escritório depois das sete da noite, havia um recado de Yanagi na mesa: "Boa notícia".

Vendo as duas palavras escritas com caneta preta, fiquei curioso: o que teria acontecido?

Ao pegar a folha, tive um insight. São as gêmeas. Não tinha como saber o que seria, mas já que Yanagi falava de uma boa notícia, só podia ser isso.

Peguei o gancho do telefone da mesa e liguei para o celular de Yanagi. Ele logo atendeu.

"Oi."

"Boa notícia, você..."

Nem tinha terminado a frase, ele disse:

"Recebemos o pedido. Vamos remarcar o serviço."

"Remarcar o..."

Outra vez a voz dele se sobrepôs à minha:

"Os Sakura. A casa das gêmeas. A mãe ligou."

"Ah!"

Sabia. Que bom. Remarcar. Como aguardava por esse dia.

"Então voltaram a tocar?"

Houve um breve silêncio do outro lado da linha.

"Pelo menos uma delas."

Só uma delas. Sem dúvida, Kazune. Como seria bom se as duas tivessem voltado a tocar, esbocei esse pensamento. Mas tentei ver o lado bom: o fato de uma delas voltar a tocar era bem melhor do que as duas não conseguirem tocar. Muito melhor.

"A mãe pediu para você ir junto, se estiver disponível."

"Eu também?"

"É um pedido das gêmeas. A mãe estava bem constrangida."

Só conseguimos ir à casa dos Sakura uma semana depois, numa tarde.

A mãe nos recebeu com um sorriso tranquilo:

"Estava esperando vocês."

As gêmeas apareceram dos fundos e se curvaram simultaneamente:

"Quanto tempo."

"Desculpe causar preocupações."

Fiquei feliz ao ouvir a voz alegre das duas.

"Obrigada por terem vindo."

"Nós é que agradecemos", Yanagi respondeu sorridente. "Fico feliz por poder afinar de novo o piano de vocês."

Eu também me curvei atrás de Yanagi. Durante todo o tempo que não tivera notícias delas, parecia que tinha uma grande pedra alojada no meu peito. Ela enfim tinha virado pó.

Fomos conduzidos à sala de piano.

"Algum pedido em especial?", perguntou Yanagi.

"Não, confiamos no senhor", as gêmeas disseram em uníssono.

"Então, se lembrarem depois de alguma coisa, me falem."

Quando as duas saíram da sala, Yanagi tirou o casaco e o deixou na banqueta do piano.

Ele abriu o piano preto bem lustrado. Em seguida pressionou uma tecla branca. PLIIIM. O Lá, que era a nota de referência, estava quase perfeito. Fazia tempo que não via Yanagi afinar tão de perto. Nos últimos tempos eu trabalhava mais sozinho.

Me perguntei por que as duas pediram para que viéssemos nós dois. Por que será que me chamaram também? Um tempo atrás, Yuni fora à loja e me falara da doença. Será que elas acharam que me deviam satisfação?

Enquanto Yanagi afinava, vários pensamentos surgiam na minha mente e sumiam.

A sala tinha isolamento acústico em excesso. Havia um tapete de pelo longo no chão e grossas cortinas duplas à prova de som na janela. Nas outras vezes que estive aqui, me impressionara o fato de serem tão cautelosos, especialmente por consideração com os vizinhos. Mas não tem jeito, já que moram em apartamento. E nesse momento encarava de outra maneira: que desperdício. Metade do som do piano era absorvido. Incluindo o charme de tudo aquilo que Kazune tocava ao piano.

Quando me dei conta, fiquei arrepiado. O que eu tinha ouvido então era só uma parte?

Enquanto Yanagi colocava um pano sob as cordas, experimentei bater palma. *Clap*. Ouviu-se um som seco que logo sumiu. Quase não ressoou. Abri então as cortinas à prova de som, que vinham desde acima das janelas até o chão, e bati palmas novamente. Dessa vez ouvi uma ressonância fraca mas nítida e longa. Pelo menos durante o dia essas cortinas pesadas poderiam ser abertas, mesmo na hora de tocar, pensei.

"Fecha", disse Yanagi, que estava inclinado sobre o piano. "Estão sempre fechadas. Então quero afinar com elas fechadas."

"Mas é um desperdício. É melhor tocar com elas abertas."

"Como você é teimoso."

"Hã?", tomei um susto.

Yanagi levantou a cabeça.

"Por que o susto?"

"Desculpe."

Até onde eu lembrava, era a primeira vez na vida que alguém dizia que eu era teimoso.

"Eu? Teimoso?", perguntei quase involuntariamente.

Yanagi franziu a testa e me encarou:

"Quem é que está nesta sala? Eu e você, Tomura. Eu estou trabalhando agora. Se não sou eu o teimoso, quem você acha que deve ser?"

"Entendi", eu disse levantando a mão direita.

"Que bom", Yanagi respondeu.

Sem outra alternativa, fechei as cortinas.

Elas bloqueavam não só o som, mas também a luz. E então resolvi abri-las mais uma vez. A luz da tarde penetrou com suavidade.

"Ei."

"Está bem", fechei a contragosto. Que desperdício, continuei pensando.

"Parece criança."

Era também a primeira vez na vida que alguém me chamava de criança. Criança, eu? O riso escapou da minha boca. Eu me senti leve. Criança? Teimoso?

"Por que está rindo?"

"Não é nada, não, desculpe", mas o riso ainda estava contido no pedido de desculpas.

Finalmente estava conseguindo ser teimoso. Por que só agora? Eu era obediente. Dócil. Sempre acabava cedendo ao meu irmão. Não tinha opinião própria.

Enfim compreendi. Até então achava que eu era indiferente à maioria das coisas. Era muito raro encontrar algo que despertasse teimosia em mim. Devo confiar mais em mim mesmo. Ser teimoso ao extremo. Dar espaço à criança que existe dentro de mim.

Sem saber ao certo por que as gêmeas solicitaram a minha presença, observava o trabalho de Yanagi, que prosseguia com fluidez. Ele afinava com precisão. Na época em que eu o acompanhava não notara, mas agora, que eu trabalhava sozinho, conseguia perceber ao observar com atenção: cada procedimento era feito com o máximo de cuidado e ele tinha mãos bastante habilidosas. Não preciso tentar ser como ele. Nem todos são capazes de afinar como Yanagi. Mas ele era um exemplo. Fiquei muito grato por ter tido oportunidade de aprender com ele durante o meu período probatório.

"Terminei", Yanagi abriu a porta e informou. Logo apareceram as gêmeas com a mãe.

"Afinei para que o piano soasse como antes", Yanagi explicou em poucas palavras.

Yuni pareceu um pouco insatisfeita.

"Mas nós não somos mais como antes", ela disse fitando os olhos de Yanagi.

"Acho melhor deixar o piano como antes. Se o jeito de vocês tocarem mudou, então o timbre do piano vai mudar naturalmente. É importante vocês checarem."

Yuni permaneceu calada por um tempo com a cabeça levemente inclinada. Em seguida olhou para mim:

"O que você acha, Tomura?"

Será que ela tinha me chamado para ouvir a minha opinião? Sentia o olhar de Yuni em mim.

"Não sei", respondi com sinceridade e vi que o olhar foi desviado. "Tenho que ouvir. Poderia tocar um pouco?"

Kazune concordou.

Antes, as duas tocavam juntas a quatro mãos para avaliar a afinação. As gêmeas sentadas lado a lado na frente do piano. Eu apreciava a cena. Quando via as duas sentadas diante do instrumento preto e reluzente, uma alegria inundava o meu coração antes mesmo de ouvi-las. As melodias que emanavam do piano não pareciam compostas por algum músico do passado; pareciam algo único, só delas.

O som de Yuni ao tocar era encantador. Deslumbrante, livre, cheio de vida. Como se quisesse realçar as coisas alegres e prazerosas. Em contrapartida, o som de Kazune era calmo e sereno. Como uma fonte de água no meio da montanha. Como será de agora em diante? O piano que era das duas será só de uma.

Mas no momento em que Kazune se sentou na frente do piano, fiquei surpreso com sua postura fechada. Quando ela pôs os dedos compridos sobre o teclado e começou a tocar uma música calma, tudo — a minha memória e os pensamentos mundanos — se dissipou por completo.

Era como se a música tivesse começado antes mesmo de ela se pôr a tocar. Uma música que só podia ser ouvida naquele instante. E que trazia em si a presença da nova Kazune e, no entanto, também da Kazune de antes. Enquanto ela tocava, senti uma onda que ia e vinha muitas e muitas vezes. O som de Kazune era como uma fonte conectada a todo o mundo; em vez de secar, continuava a emanar água. Mesmo que não houvesse ninguém para ouvir.

Do outro lado do piano, vi o perfil de Yuni a observar Kazune. Ela estava com as bochechas coradas. Yuni não conseguia mais tocar, mas Kazune sim. Será que Yuni suportaria a situação? Eu me envergonhei por ter tido esse receio. Yuni era quem mais acreditava na fonte de Kazune.

A breve música chegou ao fim. Eu achava que ela tocaria algo simples de forma despretensiosa para avaliar a afinação, mas me enganara. Pude ouvir claramente a determinação de Kazune. Ela se levantou da cadeira e se curvou em nossa direção.

"Muito obrigada."

Em vez de responder, aplaudi. Yuni, a mãe e Yanagi também aplaudiram.

"Desculpe pela preocupação", disse Kazune. Tão logo inspirou o ar para prosseguir, eu percebi o que ela ia dizer.

"Decidi que vou tocar."

Kazune já começara a tocar. Muito tempo antes. Só ela não tinha percebido. Jamais seria capaz de ficar longe do piano.

"Quero ser pianista."

Sua voz era calma, mas determinada.

Yuni levantou o rosto:

"Vai ser pianista profissional?", disse em voz radiante, empolgada.

Kazune mostrou um sorriso pela primeira vez e fez que sim.

"Vou tentar."

"Pouquíssimas pessoas conseguem viver de piano", a mãe se apressou em dizer. Mas percebi nitidamente que ela não desejava ser ouvida. Não devo falar para a minha filha desistir só porque uma pequena parcela é bem-sucedida. Mas tenho que falar. Senti esse conflito na voz dela.

"Não penso em viver *de* piano", disse Kazune. "Eu quero viver *para* o piano."

Todos que estávamos na sala olhamos Kazune, segurando a respiração. Seu rosto sorria em silêncio. As pupilas pretas brilhavam. Como ela é linda.

Observei seu rosto, admirado. Desde quando Kazune ficara tão forte? Provavelmente já havia algo dentro dela que se manifestara quando Yuni descobriu que não podia mais tocar. Pensando dessa forma, não foi de todo mal. Mas era lamentável para Yuni. Extremamente lamentável.

# 19

"Parece uma joia", expressar em palavras me deixava confuso.
"É como a luz... em uma floresta... Não consigo explicar direito."
Yanagi, que caminhava ao meu lado, disse sem olhar para mim:
"Está falando de Kazune, né?"
Eu fiz que sim. Para ser exato, falava da sua forma de tocar piano. Os sons se moviam e se entrelaçavam como mosaicos.
"Que bom", Yanagi disse com voz sincera, feliz por Kazune.
"Eu também fico muito feliz."
Compreendi por que eu fora chamado. Kazune queria comunicar a sua decisão. Seu primeiro passo, cheio de determinação. Mesmo sendo um pequeno passo, não mostrava nenhuma indecisão. O chão onde ela voltava a pisar apontava para o futuro, em linha reta.

Certa vez, quando eu ainda morava na montanha, presenciei algo curioso. Acho que estava no quinto ano. Era verão, a mesma estação em que estávamos agora, e eu caminhava sozinho à noite em uma estrada. Voltava da casa de um amigo. Percebi algo brilhar e, ao procurar em volta, adentrei um pouco na floresta e vi que uma árvore estava reluzindo. Não sabia o que era. Eu me aproximei cautelosamente. Os galhos finos do pé de olmeiro cintilavam e emitiam uma luz. Não conhecia aquele fenômeno. Era simplesmente espetacular. Chegava a ser assustador. E não era apenas aquela árvore. Os galhos das árvores vizinhas também cintilavam suavemente. Mas aquele olmeiro era especial. O brilho era intenso demais para ser reflexo da luz do luar. Não era geada nem o que na montanha chamávamos de "pó de diamante", uma nuvem de pequenos cristais de gelo — fenômenos típicos do inverno. Foi a primeira e única vez que vi uma árvore cintilar no verão.

Até hoje ficava pensando o que teria sido aquilo. Ao escutar o som de Kazune ao piano, visualizei aquele brilho diante dos meus olhos. Uma árvore cintilando como em uma celebração sobrenatural.

"Que bom", Yanagi disse mais uma vez a frase que repetira várias vezes.

"Também estou muito feliz", também repeti a frase dita incontáveis vezes.

Não havia sido um milagre isolado, tinha certeza. A virtude de Kazune não era algo que se manifestava por acaso, de vez em quando. Em algum lugar da montanha, num lugar que eu desconhecia, uma árvore continuava a emitir luz.

As gêmeas vieram à loja cerca de dez dias depois. Estávamos arrumando o salão onde seria realizado um pequeno recital no fim de semana.

"Que saudades", disse Yuni. "Quando eu era bem pequena, participei de uma apresentação aqui."

Elas começaram a fazer aulas de piano ali na loja, no curso para crianças.

"Vocês não são as gêmeas Sakura?"

Akino, que acabara de afinar o piano a ser usado no recital, aproximou-se de Yuni e Kazune.

"Quanto tempo."

"Como vocês cresceram. Yuni e Kazune, né? Vocês são bem parecidas desde pequenas e eu nunca sabia quem era quem."

Akino observou o rosto das gêmeas alternadamente. Antes era ele quem afinava o piano da casa delas, e depois passou a ser feito por Yanagi. Em princípio um piano era afinado sempre pelo mesmo afinador, mas podia acontecer de ser substituído. Em caso de emergência, outro afinador podia ser enviado, e havia também falta de afinidade entre afinador e cliente. Às vezes era substituído por morar longe da casa da pessoa.

"Já que estão aqui, não querem tocar?"

"Pode?", disse Yuni.

Por um momento achei que Yuni fosse tocar.

"Pode sim. Acabei de afinar. Se não se importar, quero ouvir uma música."

Que raro, Akino está sorridente, pensei. Mas logo lembrei que ele era sociável com os clientes. Além do mais, ele devia estar feliz por ver as gêmeas depois de muito tempo.

"Então, vai lá", Yuni incentivou Kazune, que se aproximou do piano.

"Oh!", Yanagi, que carregava umas cadeiras, se aproximou. "Por que não me chamou antes, se havia algo tão interessante?", ele me cutucou com o cotovelo.

"Poderia esperar mais um pouco, por favor?"

Fui ao escritório no piso superior para chamar Kitagawa, que estava à sua mesa. Gostaria de ouvir Kazune tocar? Uma jovem que acabara de decidir que seguiria carreira de pianista. Uma simples estudante que não era apenas uma estudante. Queria que todos do escritório, o maior número possível de pessoas, ouvissem Kazune tocar.

Kitagawa veio na hora. Morohashi, encarregado de vendas, que tinha acabado de voltar de um cliente, também veio. Quando voltei com mais duas pessoas, Kazune estava esperando sentada na banqueta. Com a tampa aberta e a respiração suspensa, o piano também aguardava Kazune tocar as teclas com seus dedos.

A música começou no instante em que ela inspirou. O piano também voltou a respirar. A música era leve e alegre, bem diferente da que Kazune tocara no dia que afinamos seu piano.

Era uma peça divertida, bela. Seu jeito de tocar parecia emitir luz própria e lembrava aquela árvore reluzindo que eu vira no meio da montanha. Fiquei extasiado, a ponto de ficar surpreso. Antes, não era assim. Ela estava bem melhor. Parecia até incorporar as virtudes de Yuni.

Quando Kazune terminou a última nota e pôs as mãos sobre os joelhos, Kitagawa começou a aplaudir com toda a força. Eu também me apressei em bater palmas.

Kazune se levantou e se curvou. Yuni também se curvou ao lado da irmã.

"Bravo!", Kitagawa continuava a aplaudir com o sorriso de orelha a orelha.

Akino deixara o salão. Mesmo que ele estivesse de costas, percebi que fez um pequeno aceno com a cabeça.

"Tomura", aproximou-se Etô, o dono da loja, com fisionomia de empolgação. "Ela já era tão incrível assim?"

Se só havia duas respostas, sim ou não, a minha resposta seria "sim". Ela já tocava de forma tão incrível. Porém, havia algo diferente.

"Tomei um susto. Ela mudou."

Não, ela não tinha mudado. Kazune sempre fora Kazune. Quando a ouvi pela primeira vez, ela era apenas um broto. Mas ela crescera. E o caule se alongara, as folhas se abriram e via-se enfim o botão germinando. Ela estava apenas começando.

"Eu acho que ela já era incrível antes", eu disse com modéstia.

O dono olhou para mim levantando as grossas sobrancelhas.

"É mesmo? É, você sempre a estimou muito, Tomura. Mas ela mudou. Estou com a sensação de ter visto algo incrível."

"O senhor quer dizer, ter ouvido?"

Ele concordou.

"É um momento em que a técnica se desenvolve consideravelmente. Aliás, o momento em que uma pessoa se desenvolve. Sinto que tive a honra de presenciar esse acontecimento."

E ao dizer isso, não sei por quê, ele estendeu a mão para

apertar a minha. Quando estendi, ele a segurou firmemente, deu um tapa no meu ombro e saiu do salão.

Yanagi voltou feliz depois de falar um pouco com Kazune.

"É inacreditável. Kazune é inacreditável."

As gêmeas se aproximaram.

"Viemos sem avisar... Muito obrigada pela atenção", Kazune baixou a cabeça, voltando a assumir a feição séria.

"Vocês vieram porque tinham um assunto a tratar, não é? Desculpe pedir para tocar."

"Não, eu só queria dizer uma coisa. Que gostaria de continuar contando com o apoio de vocês. Por isso agradeço a oportunidade de tocar. Consigo me expressar melhor tocando."

"É", quando eu concordei, Kazune enfim esboçou um sorriso.

"Então...", Yuni, ao lado da irmã, me encarava.

Por um instante fiquei confuso. Yuni e Kazune eram parecidas. Sabia disso. Mas esse rosto. Essa expressão. Era a mesma que vi em Kazune na última visita à casa dos Sakura. Havia brilho nas suas pupilas pretas e as bochechas estavam coradas. Como ela é linda, pensei. Os lábios cerrados, que pareciam ocultar uma firme determinação, se abriram.

"Eu não quero desistir do piano."

Desistir. Não desistir. Essa era uma escolha dela?

O olhar de Yuni me atravessava. Não podia fazer nada por ela, que dizia não querer desistir. Não havia como responder ao apelo, mas não desviei o olhar.

"Quero ser afinadora", ela me pegou de surpresa e não consegui reagir.

Ao ver a expressão séria dela, pensei: ela não precisa desistir do piano. Há vários caminhos em uma floresta. Ser afinadora era sem dúvida um deles. Pianista ou afinadora, decerto a floresta era a mesma. Os caminhos que eram diferentes.

"Quero afinar o piano da Kazune."

"Mas que...", a minha voz se sobrepôs à de Yanagi. Provavelmente não íamos dizer a mesma coisa.

"Legal", Yanagi completou. "Tem uma boa escola profissionalizante. Recomendo que estude lá."

"Eu que pedi", disse Kazune. "Achei que me sentiria bem mais confiante se ela afinasse o piano para mim."

"Não", interrompeu Yuni. "Eu que decidi. Eu quero afinar o piano para Kazune."

"Mas", interrompi. As quatro pupilas pretas me olharam simultaneamente.

"Mas o quê?", Yanagi também me olhou.

Balancei a cabeça em silêncio.

Mas, na verdade, eu... eu que quero afinar o seu piano. Eu queria expressar em palavras, mas não conseguia. Não tenho habilidade suficiente. A minha técnica como afinador talvez não esteja à altura no dia em que Kazune estiver pronta para alçar voo.

"Acho que quem toca piano sabe. É um trabalho solitário. Quando começamos a tocar, estamos completamente sós", disse Kazune em voz baixa. "Por isso quero tocar em pianos afinados com perfeição pela Yuni. Esse é o meu sonho no momento."

Sonho? Yanagi e eu nos entreolhamos. Provavelmente pensávamos em coisas diferentes de novo.

"Que legal", disse Yanagi.

Eu estava incomodado. Como contentar-se com um sonho tão modesto? Não seria um erro viver às sombras da irmã? Kazune era Kazune. Ela podia ter um sonho mais grandioso.

"Quando começa a tocar, o pianista está completamente só", Yuni repetiu as palavras da irmã. Havia uma firme determinação na voz. "Por isso *nós* devemos apoiá-la com toda a força."

Ah, quase soltei um suspiro. Nós. Sim, nós é que tínhamos que ter dito essas palavras. Nós vamos apoiar a Kazune.

"Assim como Kazune, eu também vou viver para o piano."

Tive a impressão de ver aquela árvore reluzente no meio da montanha. Yuni já estava decidida a ser afinadora.

"Então já vamos. Tchau."

As duas se curvaram e, quando levantaram o rosto, mostravam um sorriso radiante.

Fomos até a porta da loja e nos despedimos com um aceno de mão. Yanagi continuava exaltado quando chegamos ao piso superior.

"Ah, desde quando não me sinto assim? Quero dar o meu melhor para poder ajudá-las."

"Eu também."

O que eu poderia fazer para ajudar as gêmeas? Como posso melhorar minha técnica de afinação? Se soubesse a resposta, eu me esforçaria ao máximo. Por mais que fosse árduo, por maiores que fossem as dificuldades, eu seguiria na direção certa — se ao menos soubesse qual era.

Talvez acontecesse o mesmo com os pianistas. Os conhecimentos básicos e os exercícios para melhorar a técnica deviam ser imprescindíveis, mas o que fazer para aperfeiçoar a forma de se expressar? O que é realmente necessário para fazer música de verdade? Ninguém devia ter a resposta a essas perguntas.

"Eu estaria disposto a fazer qualquer coisa", Yanagi, que estava com o punho da mão direita fechado, percebeu que eu o observava. "Você não sente o mesmo?"

"Sem dúvida. Também sinto isso. Mas não sei a que dedicar os meus esforços."

"Acho que correr faz bem", Yanagi riu. "Corrida matinal. Pular corda. Natação também. É bom nadar cinco mil metros por dia."

"É mesmo?"

"Achou que era sério?", ele riu de novo ao perceber a minha decepção. "Correr, nadar e adquirir resistência física, isso é importante para todas as pessoas, não acha? Não só como afinador. Mas eu não faço nada disso."

"Não?"

"Claro que não. Não gosto de correr. Mas não diria que seja

inútil. Você adquire resistência. Tomura, você afina os pianos do escritório com frequência, não é? Então, mas sempre afinar pianos da mesma marca e em um estado relativamente bom, não diria que isso é inútil, mas depois de um tempo não faz muito sentido. É claro, deve ser bem melhor do que não fazer nada. Mas acho que você já pode ir para a próxima etapa."

Próxima etapa. Se conseguir, quero seguir adiante. Quero me esforçar. Aliás, eu preciso me esforçar. Tanto Kazune como Yuni já estão começando a trilhar novos caminhos.

Mas como? A minha falta de confiança começou de novo a tomar conta de mim. Eu continuava parado sem saber aonde ir. Mesmo que no fundo quisesse caminhar ao lado das gêmeas. Se possível, queria acompanhá-las correndo.

"Mesmo assim..."

"Hmm."

"Como é que ela consegue tocar acordes tão bonitos, até parecem sinos tocando no céu."

"Não só acordes, mas a música inteira, quando ela toca, é bonita", Yanagi riu.

Era verdade, a música inteira era bonita, mas os acordes eram excepcionais. Davam prazer aos ouvidos e tocavam no âmago do nosso corpo. A sua maneira de sobrepor os sons era especial. Eu já ouvira várias vezes outros pianistas tocando, mas por que o som de Kazune era diferente? Como afinar um piano para que aqueles acordes soassem ainda mais belos?

"Mas que bom. Fiquei bem mais animado!"

Despedi-me de Yanagi, que ia sair para visitar um cliente, e voltei à minha mesa. E de repente me ocorreu uma ideia.

Acho que não era só impressão minha que os acordes soavam especialmente mais belos quando Kazune tocava. Talvez ela tocasse de maneira mais leve certas notas de um acorde que, em um instrumento temperado, como o piano, naturalmente soam um pouco desafinadas. Essa era minha impressão. Eu sabia como isso funcionava na teoria, pois tinha estudado no curso. Raros pianistas eram capazes de identificar essas imperfeições naturais de cada acorde e equilibrar o som. Explicaram também que os profissionais controlavam a ressonância do piano com movimentos delicados e precisos nos pedais.

Se Kazune estivesse mesmo entre esses raros pianistas, o que um afinador podia fazer por ela? Será que ajustando os pedais do instrumento o seu som seria ainda mais delicado?

Levantei-me da cadeira pensando em verificar os pedais do piano que Kazune tocara, mas logo mudei de ideia. Aquele instrumento acabara de ser afinado para o recital do dia seguinte. Eu estragaria tudo se mexesse nele. Preciso me acalmar.

Mas quando me sentei na cadeira, fui tomado por um impulso. Se eu não verificar agora mesmo, não terei como regular da próxima vez, quando Kazune for tocar. Levantei-me mais uma vez.

"O que você está fazendo, Tomura?", ouvi uma voz e me sentei de novo. Kitagawa me olhava desconfiada. "Está levantando e sentando várias vezes."

"Não é nada, pensei em regular os pedais."

"E por que não regula?"

"Ah, mas é que achei melhor não", engasguei.

"Teve alguma ideia?", Kitagawa disse rindo.

"Bem, ouvindo como Kazune toca, achei que soaria ainda mais bonito se eu pudesse fazer algumas regulagens para quando ela usar meio-pedal ou apenas um quarto de pedal. Mas é só suposição."

"Então pode testar. Vai, corre atrás de Kazune."

Eu me apressei em balançar a cabeça.

"Mas não sei se vai ajudá-la. Talvez esteja me intrometendo demais. Mas pode ser também que funcione bem."

Sabia que eu estava vacilando. Ou seja, não tinha confiança em mim mesmo. Talvez estivesse procurando justificativas para fugir.

"Ei, Tomura. Talvez essa sua ideia ajude Kazune. Ou talvez

não. Mas mesmo que não ajude, pode ser útil para você, para o seu trabalho daqui para a frente. Ou talvez não", Kitagawa riu e continuou: "Mas não é assim também com a música?".

"É", concordei, mas ainda tinha dúvidas. A música pode ajudar as pessoas, pode ser útil, ou pode não ser. Talvez Kitagawa tivesse razão.

"Kitagawa, quando ouvi pela primeira vez o piano que Itadori afinou, acho que a minha vida mudou."

"Hmm."

"Não sei se a música foi útil na minha vida ou não. Mas a minha vida despertou naquele momento. Foi uma experiência muito além de ser útil ou não."

"Eu entendo", Kitagawa concordou com firmeza. "Por isso, acho que você deveria colocar em prática a sua ideia. Se não der certo, basta voltar a fazer como antes. A Kazune pode tocar melhor com a sua ideia, não é?"

"É", levantei-me outra vez da cadeira. Será que Kazune já tinha ido embora?

"Você me faz lembrar, Tomura, de um romance policial que li muito tempo atrás."

"Hã?"

Ao se levantar e se aproximar, Kitagawa sussurrou:

"A história era bem interessante, mas a pista para desvendar o caso era inusitada. O criminoso faz uma ligação muda, mas dá para ouvir um vago som de algo sendo arranhado."

"Hã?", não entendia aonde Kitagawa queria chegar.

"O protagonista deduz o local de onde a ligação tinha sido feita só com base nesse som. Ele deduz que vinha de um cachorro à beira da morte, deitado, e aquele era o som do animal batendo no chão com as unhas, já sem força."

"Ele percebe tudo isso só ouvindo algo sendo arranhado?"

"É", Kitagawa soltou um breve suspiro. "Uma pequena ideia pode levar à descoberta de um timbre mais adequado para o piano. É como desvendar o caso ao ouvir algo sendo arranhado.

A suposição pode estar equivocada. A pista pode estar errada. Mas desvendar ou não depende da competência do afinador."

"É?"

"Acho que você consegue, Tomura. Você deve ser muito bom em desvendar casos a partir de pequenas pistas. Mesmo que sua técnica ainda não esteja à altura."

Sei que ela estava me encorajando. Quando percebi, fiquei um pouco constrangido.

"Muito obrigado", agradeci com sinceridade. "E será que esse arranhado poderia ser também o som de um pássaro?", eu disse o que me veio à mente.

Kitagawa ficou me olhando, sem entender.

"Uma das *Lendas de Tanabata* diz que uma vez ao ano o grande senhor do reino permite o encontro entre os dois amantes separados. Pássaros formam uma ponte para ligar as margens da via láctea e então eles se encontram. Acho que o nosso trabalho é reunir pássaros de diversos lugares, um por um, para formar uma ponte que liga o piano e o pianista."

Kitagawa balançou a cabeça com exagero.

"Você é um romântico, Tomura. Sempre achei isso."

"Não sou, não."

Sem me dar ouvidos, ela continuou:

"Pássaros? Nunca tinha pensado nisso."

Eu precisava reunir até o último pássaro para formar aquela ponte. Não podia faltar nenhum.

O caminho era íngreme. Havia uma distância muito longa a ser percorrida e não sabia nem por onde começar. Antes de mais nada, era preciso determinação. E ao final, também. E no meio? Dedicação, esforço e sabe-se lá o que mais.

Tentar me aproximar do piano e tocar todos os dias. Ouvir atentamente o que os clientes dizem. Polir as ferramentas de afinação. Afinar os pianos do escritório um por um e escutar música para piano. Aprender com Akino e Yanagi. Escutar as dicas de Itadori. Apreciar o som do piano quando Kazune toca. E quem sabe me deitar em meio ao capim durante o breve verão e observar as árvores cintilando silenciosamente na montanha ao anoitecer. Ouvir com atenção o murmúrio da fonte de água na montanha. Sem dúvida, tudo isso eram pássaros que davam forma àquela ponte.

A agulha da minha bússola interior se estabilizou e fixou num ponto. Depois de oscilar entre floresta, cidade, ginásio do colégio e tantos pianos, ela agora apontava para uma única direção: o piano de Kazune. Decidi dedicar todas as minhas forças a fim de ajudar Kazune.

## 20

"Eu quero viver *para* o piano", dissera Kazune. A voz dela ecoava em mim. Aquela voz penetrante. As bochechas coradas. As pupilas pretas e brilhantes.

De manhã cedo, no caminho para o escritório, lembrei várias vezes do som do piano quando ela tocava. Das palavras, das suas feições. Não se destinavam somente a mim; mesmo assim, eu havia sido tocado. Continuava a me sentir tocado. Era minha vez de retribuir. Acho que consigo corresponder de alguma maneira.

Abri a porta do escritório vazio. Quando comecei a trabalhar lá, achava natural eu, o novato, chegar primeiro e abrir o escritório. Você não precisa pensar dessa forma, me disseram depois de um tempo. Eu prefiro chegar cedo porque as ruas estão menos congestionadas. Você não precisa vir antes, Tomura, foi o que me disse Akino. Desde então, era ele quem abria o escritório.

Mas nessa manhã não consegui me conter. No meu apartamento não tinha piano. Queria chegar ao escritório o mais rápido possível e me aproximar do instrumento, tocá-lo.

Eu gostava de como Kazune tocava porque percebia algo a mais, algo que não vinha só da sua técnica, e que não era só bonito e elegante. E isso estava prestes a se manifestar. Eu sentia, de tempos em tempos, algo iminente.

O talento de Kazune estava finalmente se revelando. O vigor do seu som estava para se manifestar. Se ela tivesse hesitado, o mínimo que fosse, se tivesse se sentido culpada perante Yuni, provavelmente não teria escolhido seguir a carreira de pianista. Não havia ressentimento ou pena pela irmã, que não conseguia mais tocar. Mas sim uma espécie de alegria intensa depois de absorver todos esses sentimentos negativos.

Ao abrir a porta de serviço da loja, senti uma leve tontura e parei. Não achei que o fato de Kazune desejar seriamente se tornar pianista fosse me afetar tanto. Sem dúvida ela não tinha essa intenção.

Subi a escadaria e abri a janela do escritório. O céu estava reluzente. O vento a essa hora da manhã ainda estava gelado.

Quando decidiu virar pianista, um mundo completamente novo deve ter se desvelado aos olhos de Kazune. Aconteceu o mesmo comigo, quando tinha essa idade. Dezessete. Eu tinha dezessete anos quando conheci Itadori. Ainda lembrava muito bem da alegria que senti com a decisão de me tornar afinador. Não havia nenhuma garantia, mas era como se a névoa diante dos olhos se dissipasse. Era como se eu caminhasse pela primeira vez com os próprios pés pisando com firmeza o chão, como se sentisse nas mãos, enfim, o contorno das coisas. Foi uma alegria assim que eu senti. Naquela hora, tinha certeza de que conseguiria caminhar até onde eu quisesse. Preciso continuar a caminhar incessantemente, sem parar, foi o que pensei.

No dia em que tornamos à casa das gêmeas para afinar o piano novamente, a sra. Sakura nos revelou algo. Que, por mais que praticasse, o piano nunca era motivo de sofrimento para Kazune.

"Ela diz que não se cansa, mesmo tocando horas a fio", disse a sra. Sakura com os olhos semifechados.

"É um dom conseguir praticar por tanto tempo", Yanagi disse.

Concordava com ele. Kazune não tocava piano a contragosto. Era algo de que ela gostava. Alguém que se dedica a algo sem pensar no esforço necessário tem vantagens. Já quando a pessoa se esforça de forma consciente, encarando aquilo como investimento, acaba ficando insatisfeita. Porque o retorno dificilmente corresponde à expectativa.

Kazune conseguia praticar sem achar que estava se esforçando e ficava diante do piano com uma dedicação de causar inveja. E ao mesmo tempo que estava diante do instrumento, estava frente a frente com o mundo.

Da minha parte, eu não sabia que tipo de esforços deveria despender. Tentava fazer tudo o que estava ao alcance das minhas mãos, ao acaso.

De manhã cedo, no escritório, abri a tampa do piano de cauda do mesmo modelo que havia na casa de Kazune. Pensava em afiná-lo e testar ainda de manhã o tal sistema conhecido como "afinação justa". Essa é uma das formas de definir as distâncias dos intervalos musicais. Há algumas maneiras de afinar as doze notas — Dó, Ré, Mi, Fá, Sol, Lá, Si e os bemóis e sustenidos. As principais formas são: "afinação justa" e "temperamento igual".

Nesta última, uma oitava é dividida em doze intervalos iguais. É a afinação adotada em praticamente todos os pianos. Embora isso não seja um problema em si, é preciso levar em conta que a divisão da oitava em intervalos idênticos não corresponde à divisão natural do som, cujas distâncias entre as notas adjacentes não são exatamente idênticas. Então quando se combinam notas nesse sistema, alguns acordes, por exemplo, podem soar impuros. Tudo depende do contexto. Por exemplo, para que os acordes sejam puros e harmônicos, a frequência da nota Mi no acorde Dó – Mi – Sol não poderia ser a mesma do Mi no acorde Lá – Dó – Mi, apesar de ser a mesma nota.

A "afinação justa", por sua vez, prioriza a ressonância dos sons. Nela, as distâncias dos intervalos são baseadas em proporções de números inteiros em termos matemáticos. Quanto mais simples a razão dessas proporções, mais agradáveis soam os intervalos para o ouvido. Por isso, no piano regulado dessa maneira, alguns acordes soam tão bonitos e perfeitos. Porém há uma grande desvantagem: como as distâncias não são iguais, não pode ser usado quando se muda de tonalidade.

Em caso de instrumentos de cordas ou de sopro, o músico pode ajustar a altura das notas livremente enquanto toca. Por exemplo, no acorde Dó – Mi bemol – Sol, ajusta-se a altura do Mi bemol ligeiramente para cima. Assim, o efeito é de uma harmonia pura. Mas para isso o músico precisa estar perfeitamente ciente da tonalidade, do tipo de acorde e dos intervalos. Além do mais, precisa ter habilidade suficiente para conseguir produzir esse efeito no instrumento. Eu entendia isso na teoria e sabia também que era extremamente difícil pôr em prática.

No caso do piano, não é possível tal controle e ajustes. O som de cada tecla já está definido, e o pianista não pode mudar a distância dos intervalos musicais a bel-prazer. Ele não tem opção a não ser tocar como nós, afinadores, regulamos os intervalos. Mesmo sentindo uma sutil impureza no som, ele tem de tocar assim.

"Afinação justa"... Sempre me despertou curiosidade, mas achava que não era capaz. Nada é *absoluto*. Não há o *correto*, o *útil* nem o *em vão*. Ao eliminar essas palavras do dicionário, ser capaz ou não parecia algo sem muita importância. Na fase em que me encontrava, queria fazer tudo o que estava ao meu alcance relacionado à afinação. Queria testar. Sem saber para onde iria. Se eu aguardasse as condições favoráveis surgirem de modo natural, talvez demorasse dezenas de anos.

Terminei de regular o piano em uma hora, mudando do sistema de "temperamento igual" para "afinação justa", e toquei algumas notas. Como não sei tocar piano, só verifiquei como soava. Toquei alguns acordes. Dó – Mi – Sol; Sol – Si – Ré; Fá – Lá – Dó. Ainda nesse mesmo dia, precisava regular o instrumento de volta para o "temperamento igual". Mas tudo soava tão harmônico e bonito que tive pena de mudar a afinação.

"Ué", Itadori apareceu na porta do showroom. Ele disse assustado, aprumando o corpo: "Era você, Tomura? O que aconteceu?".

Não sabia do que ele falava. Alguma coisa tinha acontecido?

"Melhorou de repente", ele disse.

"O que melhorou?"

"A sua técnica, Tomura", ele disse em tom tranquilo, mas sério. "O som está límpido."

Se fosse verdade, ficaria feliz. Mas não podia ser. Eu tinha mudado a afinação. Regulando com o sistema de "afinação justa". Mas o timbre eu não havia mudado intencionalmente.

"Muito bom", Itadori fez um gesto de aprovação com um sorriso.

"Obrigado", agradeci.

Itadori então saiu do showroom, sorrindo.

Será verdade? A minha técnica tinha melhorado de verdade? Limpei o teclado com um pano e fechei a tampa com cuidado.

Alguns dias antes, tinha usado o exemplo do restaurante com Yanagi, como metáfora. Quando não se sabe quem vai comer, o chef tenta causar impacto no cliente já na primeira garfada. Se soubesse, ele poderia adequar o sabor à pessoa. Poderia oferecer um prato de acordo com o paladar dela. Acontecia o mesmo com a afinação. Se souber quem vai tocar, o afinador pode criar o timbre que mais combina com o pianista, o tipo de som que ele mais deseja.

Um pássaro entrou voando e pousou em uma das árvores da floresta. Afinei o piano de cauda do showroom com o som de Kazune em mente, imaginando que ela tocaria naquele instrumento, agora que estava decidida a ser pianista.

# 21

Já fazia algum tempo que eu não trabalhava como assistente. Era cada vez mais comum visitar um cliente mais de uma vez.

Eu lembrava das casas que já tinha visitado. Mais do que da casa, mais do que do cliente, eu lembrava do piano. Quando abria a tampa do instrumento, soltava um suspiro. Notava os vestígios da minha afinação. Era como olhar a minha própria imagem refletida no espelho. O que pensava, o que queria fazer, o que eu fiz. Conseguia perceber tudo isso com nitidez.

Não sou muito sociável nem simpático com as pessoas, mas sinto grande afeição pelo piano. Oi, quanto tempo. Quero cumprimentar. Talvez porque dentro do piano eu perceba um pedaço de mim.

Às vezes tinha a impressão de que um piano, frio e indiferente no ano anterior, se abria no ano seguinte. Acontecia o mesmo com os clientes. Aqueles que antes observavam o meu trabalho com nervosismo e não desgrudavam nem um instante do piano, na segunda visita mostravam confiança e me deixavam sozinho com o instrumento.

"Graças a você, passei a achar que o meu piano é muito bom", disse a cliente daquele dia, uma senhora de idade. "Fiquei feliz porque da última vez você tratou o piano com tanto carinho, com tanto cuidado."

Fiquei acanhado.

"Eu é que agradeço. Obrigado."

Mesmo que a cliente não tivesse elogiado o som do piano, para mim eram palavras excessivamente generosas.

Levei as ferramentas de afinação para o carro da loja e voltei dirigindo bem-humorado. Os vestígios do meu eu do ano anterior permaneciam no piano e o eu deste ano tentava corrigir e melhorar ainda mais o som. O eu do ano seguinte provavelmente estará melhor, e decerto o piano será capaz de produzir sons ainda melhores. Sentia pelos clientes que teriam de aguardar mais um ano, mas esperava que eles acompanhassem o som do piano, que evoluía cada vez mais.

Quando voltei à loja, Yanagi estava prestes a sair.

"Que foi? Parece bem-humorado", Yanagi também parecia estar de bom humor.

Eu não tive coragem de dizer o que eu estava pensando — que esperava melhorar a minha técnica no ano seguinte — e dei uma resposta ambígua:

"Estava pensando que sou afortunado em ter bons clientes."

"Clientes?", disse Yanagi.

"Ah, bons colegas de trabalho também", acrescentei, depois de pensar um pouco.

Yanagi me olhou de soslaio e riu.

"Não precisa tentar ser educado. Eu só achei que era típico de você dizer que tem bons clientes."

"É?"

"Não sei o que você pensa." Depois de dizer isso, Yanagi continuou: "Mas você não é afortunado, Tomura".

Essas palavras tocaram forte o meu coração. Ele tinha razão. Ele tinha toda a razão.

"No máximo são simplesmente bons clientes e colegas, essas coisas."

Não tenho ouvidos especialmente afinados, as minhas mãos não são especialmente habilidosas, não tenho conhecimento sobre música. Não tenho nada de especial. Nada. Eu simplesmente cheguei aonde estava porque ficara fascinado por aquele instrumento musical grande e preto.

"Ou seja, é tudo resultado de competência, Tomura", disse Yanagi.

"Quê?", eu disse.

Yanagi mostrou um sorriso afetado.

"Não se trata de ter bons clientes. Mas sim da sua competência."

Não sabia o que dizer e observei Yanagi de costas, saindo da loja.

Fiquei muito feliz. Yanagi sempre me encorajava sendo atencioso comigo. Mas era eu quem conhecia a minha capacidade mais do que qualquer outra pessoa.

"O que fazer para melhorar?", eu disse para mim mesmo. Mas pelo jeito falei em voz alta enquanto voltava para a mesa.

"Dizem que precisa de dez mil horas."

Ao olhar para trás, notei que Kitagawa me observava.

"Dizem que para alcançar excelência em algo você tem que se dedicar dez mil horas. Se vai se preocupar, que tal deixar para depois das dez mil horas?"

Tentei calcular vagamente quantos dias seriam dez mil horas.

"São cinco ou seis anos, não são?", Kitagawa levantava a calculadora, permanecendo sentada à sua mesa. "Bom, você não fica afinando o dia inteiro, e tem dias de folga também. No caso de Yanagi, deve passar disso, eu acho."

Não sabia se dez mil horas era um tempo longo ou curto. Mas tinha que tentar.

"Dez mil horas", eu disse em voz alta.

Akino, que fazia trabalho administrativo na mesa à minha frente, dirigiu-me um rápido olhar com fisionomia desconfiada.

"Sr. Akino", chamei, mas ele não respondeu. "Posso acompanhar o senhor mais uma vez?"

Ele tirou devagar o protetor auricular do ouvido esquerdo.

"Em vez de acompanhar o meu trabalho, é melhor você acompanhar o Itadori", ele disse num tom de indiferença, sem nem olhar para mim.

"Eu gostaria muito, mas...", esbocei, mas hesitei. Talvez estivesse prestes a dizer algo desrespeitoso.

"Mas não quero ser afinador de sala de concerto. Quero afinar bem os pianos da casa dos clientes comuns."

"É, bom mesmo começar por aí." Akino fez que sim de leve e baixou a voz: "Mas é isso que você quer? Ela vai passar a tocar em concertos em breve, não vai?".

Demorei uns segundos para perceber que ele falava de Kazune. Ela vai passar a tocar em concertos em breve. Essas palavras que saíram naturalmente da boca de Akino me deixaram surpreso. E fiquei feliz por ver que ele, que tinha bom ouvido, reconhecia o talento de Kazune.

"Itadori afina pianos na casa de clientes comuns também. É incrível, isso."

"Por que é incrível?", perguntei.

"Você tem que acompanhá-lo para ver", disse Akino mostrando-se abismado. "Ele renasce."

"Quem?"

"O piano. Ele se transforma em algo completamente novo." Nesse momento, Akino fez uma cara meio estranha, como se ele mesmo não soubesse o significado do que ia dizer. "Depois que Itadori terminava de afinar o piano, eu pensava: o que era aquele instrumento até então? Passava a soar de uma forma inacreditavelmente bela. Até dava a impressão de que a pessoa tocava melhor, de repente."

Que alegria, pensei. Para o piano, para o pianista e para o afinador.

"Tomura, você sabe o que é o *toque* no piano? Acha que é simplesmente o modo de tocar uma nota? Se a tecla é leve ou pesada? Na realidade não é tão simples. Quando a tecla é pressionada com o dedo, ela engata o martelo, que golpeia a corda. Toque é a sensação desse movimento. O pianista não toca a tecla. Ele toca a corda. Ele consegue sentir que os dedos estão ligados diretamente ao martelo, que por sua vez faz soar a corda. Essa *sensação* é o toque. É o que proporciona Itadori, quando regula um piano."

"Isso é incrível! Todos que tocam piano devem querer ter um afinador como o sr. Itadori."

Akino ignorou a minha empolgação.

"Na verdade, é um piano terrível. Ele revela muitas coisas."

Típico de Akino dizer isso.

"Muitas coisas? O quê, por exemplo?", fiz uma pergunta simples.

Akino ficou olhando para baixo por um tempo.

"Quando um pianista toca, ele expressa em forma de som tudo aquilo que tem dentro de si. Em outras palavras, ele não consegue tocar uma nota expressiva sequer se ela já não estiver dentro dele. Um instrumento assim revela os pontos fortes e fracos de um músico."

Akino estava mais sério do que o normal.

"O senhor conhece muito..."

"Claro", ele concordou de leve e levantou o olhar meio irritado. "Antigamente, Itadori era meu afinador."

Em seguida ele pôs de volta o protetor auricular. Ele não tinha mais a intenção de continuar a conversa.

Terrível. Akino dissera que um piano afinado por Itadori era terrível. Revelava muitas coisas. Até mesmo os pontos fracos de um músico.

Será que este era então o motivo que fizera Akino desistir da carreira de pianista? Pois tocara um piano afinado por Itadori? Talvez até pensasse que Itadori fizera isso de propósito, para lhe expor.

O que eu sentia por Itadori era admiração, ele era a minha meta. Mas Akino talvez o visse de outra maneira, pensei.

## 22

Eu estava polindo a chave de afinação, ainda tinha um pouco de tempo até sair para o próximo cliente.

"Trouxe chá", Kitagawa deixou a xícara na minha mesa.

"Muito obrigado. Sinto muito."

"Não, tudo bem. Eu fiz chá para um visitante que está no piso de baixo, mas ele preferiu café. Eu tinha preparado um bom chá verde, mas ele preferiu café instantâneo."

Por isso aquela era a xícara usada para visitantes.

"Obrigado."

Kitagawa me observava enquanto eu dobrava o pano que usara para polir a chave e o deixava no canto da mesa.

"As suas ferramentas parecem tão fáceis de usar, Tomura", ela disse admirada, ainda com a bandeja na mão. "Você já está conosco há dois anos, né?"

"Sim."

Eu estava quase entrando no meu terceiro ano na loja. Mas aquela chave de afinação que eu ganhara de Itadori já tinha um tempo considerável de uso.

"Quando você entrou, ao ficar sabendo que tinha nascido e crescido na montanha, pensei comigo mesma: 'Ah, é por isso'. Você parecia desinteressado, indiferente e desprendido. Não no mau sentido. E também não parecia uma pessoa alegre. Que tipo de afinador ele vai ser, ficava me perguntando, mas não conseguia imaginar. Você parecia não se importar com nada, parecia não ter nenhum interesse em especial."

Ela tinha razão quando dizia que eu não me importava com nada e que não tinha nenhum interesse em especial. Quando fui morar pela primeira vez na cidade para cursar o ensino médio, percebi que até então não havia quase nada de realmente importante para mim. Os meus colegas de classe que tinham a mesma idade sabiam muitas coisas e cada um parecia ter os próprios interesses. Eu era o único indiferente, insensível. Na montanha, as informações e os conhecimentos que conseguíamos obter eram limitados. No dia a dia as coisas demandavam bastante tempo e trabalho, e por isso não podíamos nos importar ou ser exigentes com pequenos detalhes. Talvez isso tivesse alguma relação.

Não mudei muito desde aquela época. Fora o som do piano, não tenho nenhum outro interesse.

"Mas, Tomura, você continua limpando a mesa de todo mundo. E não passa o pano com pressa, de qualquer jeito. Mas com cuidado. Não entendo direito, mas isso tem a ver com o fato de ter morado na montanha? Lá não se pode fazer as coisas de qualquer jeito, senão corre risco de vida? Tem que se proteger bem contra o frio, senão vai morrer de frio; tem que se proteger direito no dia a dia, senão é atacado por animais selvagens."

"Não, não chega a tanto."

"Você está sempre polindo a sua chave de afinação, Tomura. Imagino que você deve saber na pele que é preciso cuidar bem das ferramentas, senão, quando mais precisar, não poderá usá-las e acabará deixando a sua própria vida em risco."

"Você o está constrangendo", tive a impressão de ouvir uma voz com riso contido. Me virei, e era Akino. Ele enxugava as mãos com um lenço e voltava à sua mesa.

"Kitagawa, o seu modo de elogiar é estranho. Tomura está claramente envergonhado."

Kitagawa mordeu de leve os lábios e baixou o tom de voz:

"Tomura, lembre-se que tem gente que nota que você está dando o melhor de si. Não ligue", assim dizendo, saiu com a bandeja.

"Não ligar para quê?", Akino perguntou com curiosidade. "Pediram para substituí-lo de novo?"

Fiz que sim meio sem jeito. Não me lembrava de ter feito algo errado, mas um dos clientes pediu para trocar de afinador. Outra vez.

"Não sabia o que fazer", hesitante, resolvi contar o que acontecera na casa do cliente no dia anterior. "Quando o cliente tocou para avaliar a afinação, perguntou se eu tinha certeza absoluta de que o som estava perfeito."

Ele tinha resolvido afinar o piano abandonado havia muitos anos porque o neto, que ia entrar na escola em breve, começaria a ter aulas. O estado do instrumento não estava muito bom, mas limpei o interior, afinei e regulei o som.

"O cliente disse que queria um piano com o som perfeito para a educação musical do neto", expliquei.

Akino fungou baixinho.

"Ele perguntou se eu tinha certeza absoluta de que o som estava perfeito, e não pude responder que sim."

Não existe som perfeito. Não podemos afirmar nada com absoluta certeza. Mesmo assim, eu poderia ter respondido que sim. Mas não consegui, porque pensei no neto que receberia a tal da educação musical achando que aquilo era a perfeição.

"Como você é bobo, Tomura", disse Akino com uma cara feliz. "Você podia ter respondido que sim. Não deve ser agradável tocar piano desconfiado, achando que talvez o som não seja bom."

"É", quase ia concordar, mas balancei a cabeça. "Mas se a própria pessoa sente que o som é bom, então é o suficiente. Por que pede para os outros decidirem se é perfeito?"

Akino soltou uma pequena risada.

"Como você é complicado, Tomura."

"Ah..."

Então eu sou complicado? Por isso o cliente pediu para me substituir?

Pode ser. Talvez haja momentos em que as pessoas desejam ouvir alguém dizer categoricamente que se trata de um som perfeito.

No vilarejo da montanha onde eu morara, havia um médico que ia ao consultório só às segundas e quintas. Ele sempre afirmava categoricamente: é resfriado, você vai ficar bom, com certeza absoluta. Ele era direto.

Mas nos hospitais onde me consultava na cidade, os médicos não eram assim. Mesmo para fazer o diagnóstico, diziam: há fortes suspeitas de ser essa doença, mas não posso dar certeza. Em se tratando de integridade, talvez os médicos da cidade fossem mais íntegros, pois não rejeitavam nenhuma das possibilidades. Parece resfriado. Espere mais um pouco e, se os sintomas piorarem, volte.

Mas acho que, em vez de passar os dias apreensivo, o paciente devia preferir uma afirmação categórica do médico, mesmo que fosse um pouco forçada: é resfriado. Quando via os médicos da cidade que não afirmavam com tanta certeza, eu ficava desconfiado: ele está mesmo pensando nos pacientes? Ou está só tentando se livrar da responsabilidade? Lembrei dessa sensação.

"E o que você respondeu?"

"Se for para usar a palavra *perfeito*, então eu acho, sim, que esse som é perfeito. Foi o que respondi."

"Ah", Akino soltou um som que parecia um monossílabo seco ou um suspiro.

"Você não disse nada errado. Nem mentiu", Akino inclinou a cabeça.

"Se você tentar ser o mais sincero possível, a resposta é mesmo essa que você deu. Mas soa como algo subjetivo."

Para começar, quando não temos uma relação de confiança com o cliente, não há entendimento. Independente de soar subjetivo ou não. Eu não sabia como criar uma relação de confiança com os clientes.

"Mesmo que você não consiga explicar em palavras, se é capaz de afinar bem o instrumento, então é o suficiente, não?", Akino disse com grande naturalidade. "Independente de o som ser perfeito ou não. O importante é que o som seja capaz de convencer."

Era um argumento sólido. Mas eu me sentia perdido.

"Na Grécia Antiga...", disse Akino girando a caneta sobre o dedo indicador. "Havia apenas dois ramos da ciência: astronomia e música. Ou seja, para entender o mundo, bastava estudar essas duas disciplinas. Eles acreditavam nisso."

"É mesmo?"

"A música é a base de tudo, Tomura."

Então na Grécia Antiga o mundo era baseado na astronomia e na música. À primeira vista parecia um mundo muito bonito, mas os povos dessa época não viviam brigando entre si o tempo todo?

"Você sabe quantas constelações existem?"

"Não, não sei", balancei a cabeça.

Akino mostrou um sorriso orgulhoso e disse:

"São oitenta e oito."

Lembrei que, na escola, achava curioso estudar as constelações nas aulas de ciências. Uma linha imaginária ligava as estrelas que brilhavam mais, formando figuras que tinham nome. Mas no meio dessas estrelas havia inúmeras outras espalhadas, como grãos de areia, que até se conseguia ver a olho nu. Não me parecia certo ignorar todas aquelas outras estrelas para conseguir ver as figuras maiores. Não era forçar a barra criar só oitenta e oito constelações, se existia um sem-fim de grãos de areia?

Eu pensava assim, embora entendesse pouco. E tendia a concordar com a visão de que astronomia e música eram a base do mundo. Extraindo algumas estrelas entre as inúmeras, formam-se as constelações. Era como na afinação: apanhar as coisas belas do mundo e conservá-las com o máximo de cuidado para não estragar sua beleza. Para que pudessem brilhar ainda mais.

Dó, Ré, Mi, Fá, Sol, Lá e Si, as sete notas — ou melhor, doze, se contarmos os bemóis e sustenidos — foram extraídas, receberam nome e brilhavam como constelações. O trabalho do afinador consistia em apanhá-las corretamente do imenso oceano de sons, regulá-las de forma precisa e fazê-las soar da maneira mais pura possível.

"Tomura, você está me ouvindo?", Akino, que estava na mesa à minha frente, olhava para mim, admirado, com a cabeça apoiada entre as palmas das mãos.

"Oitenta e oito constelações. É como o número de teclas do piano."

"Ah, sim."

"Deve ser resquício das duas grandes ciências da Grécia Antiga, astronomia e música."

"Ei, Akino", Kitagawa interrompeu. "Não diga bobagem. Tomura vai acreditar."

Bobagem? Akino desviou os olhos e deu de ombros.

Qual parte era bobagem? Havia estudado a história do piano no curso profissionalizante. O precursor do piano foi o cravo, que não tinha oitenta e oito teclas. Para começar, na Grécia Antiga não havia nem seu protótipo. O cravo deu lugar ao piano há uns duzentos anos, na época de Beethoven, quando ainda nem tinha oitenta e oito teclas, mas sim algo entre sessenta e oito e setenta e três. Na partitura da *Sonata ao luar*, composta por Beethoven, havia a inscrição "para cravo ou piano". Dizem que o primeiro movimento foi composto para ser tocado no cravo, mas o segundo já era difícil de ser tocado nele. Supunha-se, então, que o instrumento principal de Beethoven passou do cravo para o piano no período entre compor o primeiro e o segundo movimento da sonata. Foi mais ou menos nessa época que o número de teclas passou a ser oitenta e oito.

Será que eram mesmo oitenta e oito constelações? Ou será que era mentira desde a parte sobre astronomia e música serem as únicas ciências? Não tinha resposta para essas dúvidas, mas abri a minha agenda. Número de constelações, número de teclas: 88. Quando terminei de escrever, percebi que Akino me olhava da mesa dele, inclinando o corpo para a frente.

"Você continua fazendo anotações?", ele disse admirado.

Fechei a agenda com pressa:

"Ah, desculpe."

Fiquei envergonhado. Já ia para o meu terceiro ano de trabalho, mas continuava a anotar coisas básicas como essa. Parecia um amador.

"Qual o problema?", disse Akino com calma. "Se eu tivesse feito mais anotações... No início da carreira, vi e ouvi muitas coisas importantes. Se eu tivesse anotado tudo, talvez tivesse pegado o jeito mais rápido. Não anotei, mas não foi por preguiça. Era porque eu não entendia algumas coisas. Achava que a técnica devia ser adquirida pelo corpo, achava que era uma questão de memória muscular", ele continuou observando a minha agenda, fechada. "É ilusão achar que os ouvidos vão aprender, que os dedos vão aprender. Tudo ilusão. É aqui. Tem que aprender aqui."

Akino apontou a própria cabeça com o dedo indicador.

Então eu não era o único a pensar daquela forma. Eu também achava que a técnica devia ser aprendida pelo corpo, através da memória muscular. E pensava que a minha técnica não melhorava porque o meu corpo não teria sido feito para a música, e por isso já estava meio que desistindo. Só que, para não desperdiçar o tempo com lamentações, continuava a fazer anotações.

Entretanto, era muito difícil registrar em palavras o que eu experimentava enquanto afinava um piano. Porém, quando eu for capaz de fazer estas anotações precisas, a minha técnica estará muito melhor.

"Não adianta só registrar. Tem que procurar memorizar. Assim como decoramos as datas históricas. Chega uma hora que de repente você começa a entender o fluxo dos acontecimentos", disse Akino.

Claro, não era possível escrever em palavras tudo o que estava relacionado à afinação. Não era possível registrar nem um centésimo, nem um milésimo. Eu sabia muito bem disso. Mas traduzir em palavras me ajudava a capturar os sons, que de outra forma escapariam. Escrevendo eu fixava em meu corpo cada uma das técnicas que desejava aprender, como alfinetes.

"Ué, estão todos aqui? Aconteceu alguma coisa?", entrou Yanagi todo animado.

"Não é nada. Estávamos falando do tempo, que está muito bom", respondeu Akino de forma seca.

"É, hoje o tempo está muito bom mesmo", respondeu Yanagi. "Com chuva torrencial, um bom tempo para desafinar todos os pianos de uma vez. Ah!...", e todos olharam para Yanagi.

"Antes que eu me esqueça. Tenho uma notícia", ele pigarreou. "É... Vou me casar em breve."

"Sério? Vai mesmo?"

"Sim, é sério", ele disse sorrindo.

Já fazia um tempo que ele vinha dizendo que ia se casar. A namorada é que pedira para esperar, pois queria concluir um projeto importante. Hamano trabalhava com tradução, então talvez o livro que ela tinha traduzido fosse publicado em breve.

"Parabéns!"

"Parabéns!", eu também disse.

"Obrigado, obrigado", Yanagi sorria de orelha a orelha e nem tentava esconder a felicidade.

Não sabia se casamento era algo tão bom assim, como diziam, mas fiquei feliz ao ver a felicidade de Yanagi. Na hora não lembrei de dizer "Felicidades!", então só disse parabéns e observei Yanagi em silêncio.

Saí da loja carregando as ferramentas de afinação. O vento não estava mais tão gelado, não a ponto de fazer as bochechas ficarem ardidas. O azul do céu tinha se suavizado um pouco. A primavera se aproximava.

No estacionamento, esbarrei com Yanagi, que tinha acabado de voltar.

"Será que já está na hora de trocar os pneus de neve?", ele disse.

"Deve nevar mais algumas vezes."

"É, talvez", Yanagi olhou para o alto. Em seguida olhou para mim de súbito: "Ah!".

Ele entrou na loja pela porta de serviço e me chamou com um gesto.

"Não marque nada no segundo domingo de maio."

"Está bem."

"Vai ser o meu casamento. Resolvemos fazer uma festa num restaurante, depois da cerimônia."

"Parabéns!"

"Obrigado", ele não parecia muito à vontade.

"É a primeira vez que participo de uma festa de casamento."

"Ah, é? Bom, você ainda é novo, Tomura, seus amigos ainda não se casaram. Mas o convite não é para a cerimônia, é só para a festa que vai ter depois."

Não conseguia lembrar de nenhum amigo que pudesse me convidar para uma festa de casamento, nem no futuro próximo nem num futuro longínquo. Provavelmente a única pessoa a me convidar seria o meu irmão.

"Então, você está com tempo agora?"

Fiz que sim com a cabeça e deixei a bolsa pesada com as ferramentas no chão. Como saíra adiantado, ainda tinha tempo.

"Queria oferecer uma atração na festa."

"Sim."

"Como vou convidar os meus companheiros da banda, até pensei em pedir para eles tocarem algo. Mas música punk não é muito adequada para uma festa de casamento. Então pensei numa apresentação de piano."

"Boa ideia."

"Procuramos alguns restaurantes com piano. Se fosse você,

qual escolheria: um restaurante com um bom piano, mas com comida normal, ou um com comida excepcional, mas com um piano normal?"

"Com um bom piano."

"É claro, não?", Yanagi olhou para a minha bolsa com as ferramentas. "Mas Hamano nem hesitou em escolher o restaurante com comida melhor."

"Ah."

Fiquei um pouco surpreso. Achei que ela fosse preferir o restaurante com um bom piano.

"Quanto à comida, a gente tem que confiar no restaurante. Mas em relação ao piano ela acha que eu consigo dar um jeito."

"Ah, é?"

"É. Mas o noivo tem sempre muita coisa para fazer. Claro, se não fosse o meu casamento, eu cuidaria do piano. Mas estarei muito ocupado", Yanagi me encarou.

"Pianista excelente eu já arranjei."

"Que bom."

"Por causa do meu trabalho, vai ter muitos convidados com excelentes ouvidos. Mas mesmo não tendo bom ouvido, mesmo nunca tendo escutado um piano, é uma ocasião festiva, então uma boa apresentação de piano durante a refeição é ótimo."

Vendo-o feliz, eu também me senti feliz.

"Então, queria que você afinasse o piano, Tomura", ele disse.

"Hã? Não, tem gente melhor...", a minha voz soou engasgada diante de um pedido tão inesperado.

Poderia ser Akino. Seria perfeito se fosse Itadori.

"Para você, tudo bem?", ele perguntou.

Claro, pensei em responder. Mas será que nesses casos, eu, com menos experiência, seria a pessoa ideal? Pensei por um instante. Era uma ocasião especial. Seria melhor um afinador mais habilidoso a se encarregar do serviço.

"Kazune será a pianista."

"Quê?"

Foi uma surpresa para mim, mas de fato Kazune era ideal. Teremos a chance de escutá-la tocando em uma festa de casamento. Sem dúvida será uma festa linda.

"Agora você quer afinar, não é?", Yanagi mostrou um sorriso irônico.

"Não, na verdade...", é melhor alguém mais habilidoso afinar, pensei em dizer. Mas não pude me conter. "Eu afino!" A minha voz estava determinada. "Posso afinar, sim."

Eu me curvei e Yanagi fez um gesto positivo com a cabeça, feliz.

# 23

À tarde, ao voltar ao escritório, encontrei um recado na minha mesa.

"O sr. Kimura cancelou a afinação de amanhã."

Cancelou? Tive um mau pressentimento. Fui até a mesa de Kitagawa, que atendera a ligação.

"Ele cancelou? Não é adiamento?"

"Isso", disse Kitagawa, um pouco constrangida.

"Ele pediu para trocar de afinador?"

"Não."

Como ela ficou ainda mais constrangida, perguntei:

"Ele não vai mais usar os nossos serviços?"

"Não, não chegou a dizer isso."

"Sinto muito", e eu me curvei. Senti que todos do escritório me olhavam.

"Você não precisa pedir desculpas, Tomura. O cliente não disse que vai procurar outra loja porque não gostou do seu trabalho. Quem sabe decidiu não tocar mais piano."

Se fosse esse o motivo, ele teria dito.

"De qualquer forma, não é sua culpa, Tomura. A situação está difícil para todo mundo. Nem todas as famílias têm condições de afinar um piano todo ano, por causa de um hobby."

Ela disse como se não fosse mesmo culpa minha. Mas acho que era culpa minha, sim. Pelo menos, se o cliente gostasse do meu trabalho, não cancelaria.

Voltei à minha mesa tentando não demonstrar decepção. Segurei o suspiro por pouco. Eu era mesmo tão ruim assim? Ao levantar os olhos, vi Akino desviar os olhos de mim.

"O que é mais importante para um afinador?", tomei coragem e perguntei.

"A chave de afinação!", Akino respondeu sem olhar para mim.

"Não, não é disso que estou falando", insisti.

"Persistência", alguém disse ao meu lado. Era Yanagi. "E coragem."

"Aceitação", disse Akino.

Cada um disse o que pensava. Fiquei extremamente feliz porque ninguém disse as palavras que eu menos queria ouvir no momento: talento, aptidão...

"É, persistência com certeza", riu Kitagawa.

Coragem também era compreensível. O som do piano mudava dependendo da habilidade do afinador. Se não tiver coragem, não dá para afinar.

"Mas por que 'aceitação'?", perguntei.

Todos olharam para Akino.

"Hã? Acho que você não entendeu direito", Akino franziu a testa. "Por mais que o afinador tente, não dá para ser perfeito. Então você tem que aceitar em algum momento, tem que dizer: não dá mais, e pronto! É isso o que eu quis dizer."

"E o que acontece se não souber aceitar?", Yanagi fez a pergunta que eu queria fazer.

"Se não souber, um dia vai ficar louco", Akino respondeu tranquilamente.

Todos permaneceram calados. Significava então que concordavam? Se buscar a perfeição e não souber aceitar o resultado das coisas, vai acabar ficando louco. Será que Akino chegara perto disso?

"Já falamos disso antes, não?", disse Yanagi. "Por que os clientes de Tomura pedem para trocar de afinador ou para cancelar?"

"Não acho que Tomura tenha um problema sério. Por isso falei para ele das dez mil horas", disse Kitagawa.

"Ninguém levou a sério aquela teoria das dez mil horas."

Ah, então era isso? Kitagawa dissera que por eu ser jovem

os clientes não tinham confiança em mim, mas tinha sido só para me consolar?

"Mesmo praticando menos de dez mil horas, quem tem competência consegue. Mesmo praticando mais de dez mil horas, quem não tem, não consegue."

"Precisa falar de uma forma tão direta assim?", Yanagi olhou para cima, para o teto.

"Só não falam explicitamente, mas no fundo todos sabem disso. Mas eu não penso em talento, em aptidão, coisas assim. Não adianta nada pensar dessa forma." Akino continuou depois de inspirar fundo: "Basta fazer".

Senti um arrepio. Era assim que Akino pensava?

"Mesmo não tendo talento, conseguimos seguir adiante. No fundo, queremos acreditar que chegando às vinte mil horas, passamos a ver coisas que não enxergávamos com dez mil horas de prática. Não seria mais importante ver as coisas de uma perspectiva mais ampla, em vez de se apegar a números?"

Sim. A minha voz saiu rouca. Não queria concordar com facilidade. Se me perguntassem se entendi de fato, não conseguiria responder com segurança. Mas me parecia que sim, o que Akino disse era verdade. Não vivemos porque temos talento. Tendo ou não, eu vou seguir adiante. Não quero depender de algo que nem sei se existe. Tenho que encontrar, com as próprias mãos, algo mais concreto, mais firme.

"Olá. Cheguei", ouviu-se a voz séria de Itadori, que voltava ao escritório.

Antes de eu dizer algo, Yanagi perguntou:

"Sr. Itadori, em sua opinião, o que é a coisa mais importante para um afinador?"

Itadori respondeu em voz serena, apoiando no chão a bolsa com as ferramentas:

"São os clientes."

Ecoou dentro dos meus ouvidos o som do piano que Itadori afinara na sala de concerto para o renomado pianista alemão.

Apesar de ter sido ele a afinar e regular o som do instrumento, quem o extraíra do piano fora o pianista, ou seja, o cliente. Provavelmente era isso que Itadori quis dizer.

    E no meu caso? Os meus clientes... Lembrei de vários rostos. Um que balançou a cabeça, com um sorriso, outro que se calou mal-humorado. Passaram diante dos meus olhos, um em seguida do outro, rostos cujo nome eu não conseguia lembrar de imediato. Sim, foram meus clientes que me transformaram em quem eu sou agora, sem sombra de dúvida. Lembrei também do rosto sério de Kazune, que em seguida se abriu num sorriso largo.

## 24

No dia anterior à festa de casamento, fui ao restaurante afinar o piano. O ambiente era muito agradável. No canto do salão calmo havia um piano de cauda.

O piano era melhor do que imaginara. Segundo Yanagi, eles ficaram na dúvida entre um restaurante que oferecia um bom piano e outro que oferecia uma boa comida, e tinham priorizado a comida. Era esse o padrão de piano dos restaurantes excepcionais? Se for assim, é motivo de felicidade. Significava que havia muito mais gente do que eu imaginava que gostava de escutar música durante a refeição.

Tentando conter o meu entusiasmo, abri a tampa do teclado. No momento que vi as teclas, senti algo estranho. Abaixei-me um pouco e aproximei o meu rosto. A altura das teclas estava ligeiramente desigual. Havia uma diferença de cerca de meio milímetro. Pressionei algumas. Tive certeza. Os sons estavam péssimos.

O som do piano lembrava uma criança desajeitada pulando corda, com movimentos inúteis e excessivos. As teclas estavam tão pesadas que a criança cairia de bunda no chão depois de três pulos.

Imaginei Kazune tentando tocar. Ela sentaria na frente do piano e tocaria com dedicação. Veio-me a imagem dela de uniforme escolar. Será que ela viria à festa de casamento de uniforme? Provavelmente não. Mas não conseguia imaginar Kazune vestindo outra roupa. De qualquer forma, pensei nela de uniforme, tocando piano. Com as costas eretas, ela apoiaria os dedos sobre o teclado. Começaria a tocar. Tentei imaginar a cena. Uma melodia simples e pura soou nos meus ouvidos, como uma fonte.

Pressionei outras teclas do piano à minha frente. Não, não eram sons dignos de Kazune. Não quero fazê-la tocar nesse piano, deste jeito. Comecei então a afinar tentando imaginá-la tocando.

Abri a tampa superior e a sustentei com a haste. Toda vez que via as cravelhas enfileiradas de forma ordenada, ficava comovido. Pareciam uma floresta. E aquela tábua harmônica de madeira do instrumento, por onde passavam sons a milhares de metros por segundo... Vou criar um timbre para Kazune. Como se limpasse com cuidado a vegetação rasteira para ela adentrar a floresta e caminhar por ali sem problemas.

Comecei ajustando a altura das teclas. As arruelas de feltro embaixo do teclado estavam desgastadas. Inseri papéis muito finos para ajustar a altura. Originalmente, as teclas são projetadas para descer dez milímetros. Uma diferença de meio milímetro na altura deveria dificultar muito na hora de tocar. Era preciso regular a altura das teclas e depois a profundidade. Pressionei tecla por tecla para verificar a posição em que o martelo golpeava a corda.

E enfim começava o trabalho de afinação propriamente dito. Pouco tempo antes, Yanagi me dissera: feche os olhos e decida. Não era uma simples metáfora, concluí. Fechei os olhos, apurei os ouvidos, senti a imagem do som surgir dentro de mim e girei a chave de afinação.

Enquanto estava diante do piano, perdi a noção do tempo. Talvez por estar muito tenso, nem sentia cansaço. Quando me dei conta, tinham se passado quase quatro horas até concluir o trabalho. O piano devia ter melhorado consideravelmente. Se fosse para pular corda, seria possível fazer até salto duplo com facilidade. O som ficara bem mais flexível, a ponto de a criança ser capaz de girar a corda no ritmo por muito tempo.

Marcamos o ensaio de Kazune para a manhã do dia da festa. Para que eu tivesse tempo de regular em caso de algum problema.

Foi um pedido meu, e tanto o restaurante como Kazune aceitaram a proposta de bom grado.

"Fico feliz, pois queria me acostumar com o instrumento o quanto antes", disse Kazune. "Cada piano tem uma peculiaridade, é sempre diferente. O piano de casa, o da escola e o de concursos e de apresentações."

Ela tirou a partitura da sua bolsa de tecido. Yuni balançou a cabeça ao lado da irmã e disse:

"Eu achava que o piano de casa era mais fácil de tocar, mas quando toquei um piano de cauda numa das apresentações, fiquei assustada porque o som era muito bonito."

Era um piano afinado por Itadori. Por alguma razão tive certeza.

"É. Naquela sala o som era bonito e era fácil de tocar. Mas, Yuni, você conseguia tocar em qualquer lugar, livremente."

Yuni riu quando a irmã lembrou.

"Aos seus olhos eu tocava sem problemas. Era o seu desejo que te fazia enxergar dessa maneira, Kazune", Yuni observava a irmã, que ficara surpresa. "Você achava: 'Eu não consigo, mas Yuni consegue'. Não é, Kazune?"

Diante do silêncio da irmã, que não conseguia responder, Yuni sentou-se na banqueta e abriu a tampa do teclado. E pressionou uma tecla sem hesitar: PLIIIM.

Provavelmente não vou me esquecer da reação das gêmeas naquele momento. Elas se entreolharam de forma espontânea.

"Que som bonito", disse Yuni ao se virar para mim, com os olhos brilhando.

"Que bonito", Kazune concordou.

Ela estava sorrindo. Que bom. Fiquei aliviado. Eu não entendia as duas. Eu ficava apavorado em ver Yuni, que não conseguia mais tocar piano, pressionar uma tecla sentada ali diante do piano. Ficava apavorado em ouvir as palavras que ela dirigia à irmã. Eu não conseguia captar o que Yuni e Kazune pensavam.

"Você também consegue, Kazune", disse Yuni com a voz

alegre. "Você também consegue tocar em qualquer lugar, tocar livremente."

Yuni se levantou e cedeu o lugar à irmã. As gêmeas trocaram de posição com naturalidade. Kazune ajeitou a partitura na estante e sentou-se na banqueta. Em seguida, pressionou a tecla com um dedo, assim como fizera Yuni. Era o som do Lá, a nota padrão de referência. Senti a paisagem se abrir na direção em que o som se prolongava. Como um caminho que se estendia por uma floresta límpida e com brilho prateado. Tive a impressão de ver, bem ao fundo, um jovem cervo a saltitar.

"Um som cristalino como o respingar da água", disse Yuni feliz, olhando para mim.

Balancei a cabeça confirmando. Fascinante como o mesmo som evoca coisas distintas dependendo da pessoa.

"Tendo isso como referência, tentei ajustar tudo", expliquei.

Kazune concordou com a cabeça.

Depois de pôr as mãos sobre os joelhos, ela começou a tocar devagar. Como a música começou tão naturalmente, nem tive tempo de me preparar. Era como se Kazune recolhesse cuidadosamente os sons que pairavam por ali e a música nascesse do piano. O movimento das mãos era bastante natural, sem nenhum esforço. Quando Kazune tocava, tudo parecia orgânico. O piano e a música eram como a própria natureza.

A música começava suavemente e na metade as notas se dissipavam e se moviam por toda a parte. O som se prolongava. E mesmo quando algumas notas se misturavam, havia equilíbrio. Analisei detalhe por detalhe. E então percebi uma coisa. Ao afinar um piano, eu não conseguia apreciar a performance, mesmo que fosse Kazune tocando na minha frente.

"É bem diferente de quando treinou em casa", Yuni disse com voz empolgada. "Então pode soar assim também!"

Ela se virou para mim com as bochechas coradas:

"Que incrível, Tomura. Também quero aprender a afinar o mais rápido possível. Quero ser sua aprendiz."

"Quê?", escapou um breve grito. Ela não sabia o que falava. "Não sou incrível. Kazune, sim, é incrível."

Kazune verificou o som com apenas uma nota e já dominava o piano. Como Yuni disse, ela devia estar adaptando o modo de tocar ao instrumento.

"Não, não é isso. O timbre desse piano é que está guiando a Kazune. Ela está acompanhando-o bastante feliz e fazendo soar de uma maneira que nunca ouvi antes."

Nesse momento um funcionário do restaurante apareceu no salão.

"Podemos fazer os preparativos? Podem continuar tocando."

"Claro", respondi.

Que bom que havíamos chegado mais cedo. Kazune conseguira tocar pelo menos uma música com calma para verificar o som.

Vários funcionários começaram a mudar a posição das mesas. Kazune continuava tocando sem se importar, sem se abalar.

"Yanagi deixou a gente escolher as músicas", Yuni cochichou. "Kazune e eu pensamos bastante nas músicas mais adequadas para uma festa de casamento."

"Até onde ouvi, acho que a escolha foi muito boa", respondi.

Yuni balançou a cabeça. A segunda peça era alegre e suave, em estilo barroco. Eram músicas adequadas não para apresentações ou concursos, mas para alegrar a festa de casamento de Yanagi. As músicas delicadas e agradáveis aos ouvidos combinavam muito bem. O ensaio correu bem, pensei.

Mas logo em seguida senti algo diferente.

Olhei para o piano e em seguida para Kazune. Ela continuava a tocar com uma fisionomia tranquila. Atrás dela, um dos funcionários do restaurante estendia a toalha de mesa rosa-clara sobre a mesa. O piano e Kazune continuavam iguais.

Mas algo me incomodava. O som mudara um pouco. Parecia mais abafado que antes.

"Com licença", alguém disse atrás de mim.

Ao me virar, outro funcionário passou ao meu lado carregando as toalhas de mesa. Eu me afastei um pouco mais do piano. O salão ficava agitado. Kazune parecia tocar como antes. Mas algo continuava estranho.

Será que ela hesitava ao tocar porque o restaurante estava mais agitado? O som não tinha a mesma ressonância. Os pequenos grãos de som pareciam cair e espalhar-se no chão antes de chegar até onde eu estava.

Eu me aproximei do piano para ver como Kazune tocava e parei um pouco antes. Ela não mudara o modo de tocar. O som do piano é que estava diferente. Ela continuava a tocar da mesma maneira, mas não havia mais a vivacidade de antes. O som não chegava ao longe. À medida que me aproximava do piano, o som foi mudando.

"Com licença", eu disse quando a música chegou ao final.

Kazune me olhou com as mãos sobre os joelhos.

"Você mudou o modo de tocar?", perguntei.

Ela fez que não com a cabeça.

"Percebeu que o som mudou?"

Kazune balançou a cabeça novamente, dessa vez querendo dizer que sim, de leve.

"De repente, ele parou de cantar."

Como ela esticou o pescoço, virei para ver o que olhava. No fundo do salão estava Yuni. Ela apontava para o teto com a mão direita. No momento em que olhei para cima, Kazune começou a tocar. A mesma peça que tocara antes. Yuni não apontava para o teto. Indicava o número um, a primeira música que a irmã tocara. A música alegre, delicada e jovial.

Mas não tinha a mesma vivacidade. Afastei-me do piano sem tirar os olhos de Kazune e me aproximei da mesa da primeira fileira. Passei entre os funcionários e me aproximei da mesa vizinha, em seguida para a próxima. O som passava pelos funcionários que trabalhavam, era absorvido pelas toalhas de mesa e vagava. E se agitava. Quase conseguia sentir esse movimento na pele. Lembrei de repente da ocasião em que achara um desperdício as grossas cortinas de tecido obstruírem o som do piano na casa das gêmeas.

Não tinha me dado conta. Tinha me esquecido completamente do ambiente e dado pouca atenção a ele. A minha inexperiência — até então só afinara pianos de casas de família — se revelava. Mas não tinha tempo de me lamentar. Nem de refletir. Teria de afinar de novo. E não havia mais tempo. As mesas seriam cobertas por toalhas, o salão se encheria de convidados e o som ou se refletiria neles ou seria absorvido por eles. Haveria também o vaivém incessante dos funcionários carregando os pratos. O som dos talheres batendo no prato, as vozes a cochichar as lembranças dos noivos. Eu devia ter afinado levando em consideração tudo isso.

Será que vai dar tempo? Tinha de dar um jeito.

"Desculpe, Kazune. Eu posso regular um pouco?"

Ela concordou com a cabeça com uma fisionomia dócil.

"Não se preocupe com Kazune. Ela consegue tocar em qualquer lugar", assim dizendo, Yuni mostrou um sorriso travesso.

As duas tentavam agir de forma alegre e natural, para não me deixar mais apreensivo.

"Sinto muito", curvei-me, lembrando que não era a primeira vez que pedia desculpa para as duas.

No início da carreira, resolvera mexer no piano delas achando que seria capaz de afinar sozinho e fracassara. Nada havia mudado desde aquela época. Só me foram acrescidos um pouquinho mais de técnica, um pouco mais de experiência e a determinação para dar um jeito, a todo custo.

"Talvez demore um pouco, então podem descansar em algum lugar."

Eu me curvei de novo. Não sabia quanto tempo levaria e, para começar, nem sabia se conseguiria resolver o problema mesmo se houvesse tempo.

"Tomura", disse Yuni em tom alegre. "Está tudo bem. Vou ficar sentada lá, daquele lado. Basta carregar até lá."

Carregar? Acho que Yuni percebeu o meu rosto indagativo. Ela caminhou até a mesa ao fundo e disse:

"Acho que basta trazer o som até aqui. Ele pode ficar como está. O importante é que o som chegue até aqui!"

Eu sorri sem querer ao perceber que Yuni se esforçava em procurar a palavra mais adequada.

"Obrigado."

Carregar. Trazer. Eu entendia o que Yuni queria dizer com essas palavras. O problema era como concretizar o que ela pedia.

O som pode ficar como está. Basta carregá-lo, trazê-lo. Tentei imaginar a cena mentalmente. As palavras, que eram vagas, começavam a assumir forma. O som precisava irradiar. Bastava levantá-lo bem alto e fazer irradiar. Como as constelações. Se for para ver hoje, seriam Ursa Menor, Ursa Maior ou Leão. Elas brilhavam no céu, no mesmo formato, independente do lugar de onde fossem vistas.

"Uma escrita clara e serena, cheia de brilho e repleta de nostalgia."

Posicionei-me diante do piano preto sussurrando baixinho:

"Um pouco sentimental, mas capaz de expressar seriedade e profundidade."

Essa era a minha constelação. Ela estava sempre lá, no alto da floresta, e bastava seguir na sua direção.

"Bela como sonho, mas firme como a realidade."

Minha constelação. Tomara que seu brilho possa ser visto por Kazune, que tocaria, e também por Yuni, que estava um pouco afastada. Regulei a profundidade dos pedais, para que Kazune pudesse controlá-los com liberdade. Para que o som irradiasse e alcançasse todos os cantos do salão. Mudei também a direção das rodinhas do instrumento. Eu vira Itadori fazer esse ajuste ao regular o piano da sala de concerto. Naquela ocasião, só observara admirado. Mas agora eu compreendia. A posição do centro de gravidade, com as rodinhas todas voltadas para dentro, precisava ser deslocada para mudar o som. Mudando a direção delas para fora, a tábua harmônica arqueava ligeiramente, alterando a forma como o instrumento ressoava.

Eu havia reunido todos os pássaros possíveis para que o som daquele piano tocado por Kazune fosse o mais belo possível.

De vestido verde-claro, Kazune começou a tocar o piano com delicadeza. Era uma melodia não exatamente solene, mas jovial. Não percebi de imediato que era a *Marcha nupcial*. Música para celebrar, com a qual pessoas queridas felicitam os noivos contentes. Kazune tocava as notas de ornamento com a mesma dedicação que a melodia principal. Bela como sonho, mas firme como a realidade.

O casal de noivos entrou sorrindo em meio a uma salva de palmas. Eles acenaram de leve, meio sem jeito, quando passaram ao lado da nossa mesa. Hamano, a noiva, estava radiante. Os dois caminharam entre as mesas acenando aqui e ali.

"Como é lindo o casamento", sussurrei para Akino, que estava ao meu lado.

"Tomura, você até que é corajoso, né?", ele disse sorrindo. O sorriso parecia artificial. "Se fosse eu, se o pianista tocasse o piano que eu tivesse afinado, ficaria tenso o tempo todo, e não teria condições de conversar sorrindo."

Foi só então que percebi. Eu não estava tenso. Nem um pouco. Kazune também não estava, sem dúvida. O som era leve e alegre. Não estávamos em um concerto. O protagonista não era o piano, o pianista e muito menos o afinador. Estávamos na festa de casamento de Yanagi e Hamano. Talvez os salões para os quais o piano foi originalmente concebido tivessem essa atmosfera.

"Está muito divertido", eu disse.

"Está mesmo!", Akino disse curvando a boca para baixo, de maneira sarcástica. E murmurou: "O piano até que está bom".

Concordei. Yuni, sentada do outro lado da mesa, à minha frente, estava sorrindo, mas com os olhos lacrimejantes. Não sabia por quê. Não sabia o que Yuni, que observava Kazune, nem Kazune, que era observada por Yuni, sentiam. Eu só admirava, deslumbrado, as gêmeas que ora riam, ora choravam em volta do piano.

"É a primeira vez que o senhor me elogia", eu disse em voz alta e olhei para o lado.

Akino fingia que nada acontecera.

Era a primeira vez que recebia um elogio de Akino. Não sabia se ele elogiara a afinação do piano ou a performance de Kazune. Mas achei que pouco importava. Pois se uma era boa, então a outra inevitavelmente também era.

"Kazune toca muito bem", Yuni disse com a voz embargada. "Ela está celebrando. Está dando parabéns ao casal de noivos. Eu consigo ouvir."

Está dizendo parabéns. Talvez Yuni tenha razão, pensei. Senti que a música era um pouco mais suave. Simplesmente delicada, bela e tocava o coração de um jeito doce, a ponto de eu ficar com vontade de chorar.

Balancei a cabeça com firmeza e respondi:

"Kazune vai se tornar uma grande pianista, com certeza absoluta."

Mesmo quem não entende de música se encantava. Mesmo os desatentos, os distraídos, sem querer acabavam levantando a cabeça para escutar Kazune tocar. Aquele era o seu som. Seus dedos podiam expressar tanto alegria como tristeza. Não era uma forma ostensiva de tocar, mas delicada. Penetrava fundo na alma. E lá se instalava por muito tempo, sem nunca desaparecer, tocando em algum lugar do coração.

Quando Kazune tocava, surgia uma paisagem diante dos meus olhos. Os raios solares se infiltrando entre as árvores úmidas de orvalho matinal. Na ponta das folhas, as gotinhas brilhavam e gotejavam. Uma cena que se repetia sempre. O frescor do amanhecer, todos os dias.

Era verdade. Estava celebrando.

Eu também conseguia ouvir. Era uma festa. Kazune celebrava a vida com seu piano.

"Absoluta, você disse."

"Hã?"

"Você disse que não existe som perfeito, mas agora disse que com certeza absoluta Kazune vai se tornar uma grande pianista", disse Akino. E sussurrou: "Bom, eu concordo".

Eu ficava feliz quando o piano que eu afinava soava bem. Mas, se houvesse um afinador mais habilidoso do que eu, preferia deixar nas mãos dele. Era assim que eu pensava antes. Seria melhor para o instrumento, para o pianista e também para o público.

No entanto, não pensava mais dessa forma. Quero afinar o piano que Kazune toca. Quero que ela toque ainda melhor quando eu afinar. Para quem eu afinava? Quem eu queria agradar? Ela. Kazune. Eu gostava do seu som e tentava destacar o seu jeito de tocar. Quando afinei, não pensei nem em Yanagi, que era a pessoa que tinha me solicitado o trabalho, nem no público. Só pensava na Kazune tocando.

Mas agora reconhecia meu engano. Deveria ter pensado nos convidados. Deveria ter levado em consideração o tamanho do salão e a altura do teto. As mesas da frente e de trás, do meio, e as que estão próximas à porta. O número aproximado de convidados que estaria em cada parte do salão, estimando como o som ecoaria para que ele pudesse chegar a todas as pessoas.

Até então, só tinha afinado pianos em casas de clientes. Se quero realmente afinar os pianos que Kazune vai tocar, então não podia continuar assim. Finalmente começava a entender que me enganara achando que não tinha a ambição de me tornar afinador de pianos de concerto.

"Seria bom verificar se os abafadores estão descendo simultaneamente", disse Itadori em voz calma, mas categórica.

Eu tinha regulado para que os abafadores subissem simultaneamente ao pisar no pedal, mas não pensara em quando eles voltavam para a posição inicial.

"Você precisa estar atento às virtudes de Kazune quando ela toca."

"Tem razão."

Quando Kazune tocou piano na loja, os acordes soavam de maneira excepcional. Intuí que ela controlava o som através dos pedais. Eu não estava errado.

Senti o meu corpo tremer. Eu havia regulado para que os pedais ficassem bem sensíveis. Mais do que isso seria arriscado. Mas Itadori sugeria que eu os deixasse ainda mais sensíveis.

"Você pode confiar mais na Kazune."

"Entendi."

Itadori está confiando em Kazune, mas ao mesmo tempo está confiando em mim.

"É nossa função, como afinadores, estimular bons pianistas."

Vou regular os pedais durante a pausa, pensei. Aprendi que era vergonhoso refazer o trabalho durante uma apresentação, mesmo durante a pausa. Mas não me importava em passar vergonha. Eu queria apenas que aquele piano soasse da forma mais bela possível.

"Quem sabe...", Akino murmurou. "São pessoas como você, Tomura, que conseguem chegar lá."

Pessoas como eu? O que ele está falando? Chegar aonde?

"É, tem razão", Etô, o dono da loja, concordou.

"Eu achava estranho alguém como Tomura querer se tornar afinador. Na época eu me perguntava por que Itadori o recomendara tanto."

Itadori tinha me recomendado? Ele não disse que a contratação era decidida por ordem de chegada?

"Hã... O que significa 'pessoas como eu'?"

"Como posso explicar... Uma pessoa gentil, que teve uma educação como a sua... Alguém honesto."

Kitagawa disse algo parecido outro dia. Claro, não era um elogio. Acho que ela disse que eu era desinteressado, indiferente.

"Mas agora eu entendo. Uma pessoa como Tomura consegue continuar a caminhada nessa floresta de lã e aço. Com persistência, passo a passo."

"Sim, tem razão", Itadori balançou a cabeça de forma nobre. "Tomura morou na montanha e foi criado pela floresta."

"Está uma delícia", disse Kitagawa de súbito. Logo em seguida, baixou a cabeça. "Ah, desculpe."

"A sopa, né? Está realmente uma delícia", Yuni concordou com Kitagawa.

Não tive chance de processar as palavras de Itadori por causa do comentário de Kitagawa. Tomura morou na montanha e foi criado pela floresta. Será mesmo? Se for isso mesmo, fico muito feliz, de verdade. Com certeza dentro de mim cresce uma floresta também.

Talvez eu não tenha tomado o caminho errado. Mesmo que demore muito tempo, mesmo que em alguns momentos eu ande em círculos, basta continuar. E na floresta que eu achava que não tinha nada, nessa paisagem que eu achava que não tinha nada de especial, estava tudo. E nem escondido estava. Era eu que não conseguia enxergar.

Podia ficar tranquilo. Mesmo que eu não tivesse nada, as coisas belas e a música estavam sempre ali, dissolvidas no mundo, desde o princípio.

"Ah, é mesmo", disse Kitagawa limpando os lábios com o guardanapo branco. "Na região onde você cresceu, Tomura, tem muita criação de ovelha. Por isso eu me lembrei. O ideograma que significa bom, 善, é derivado do ideograma que representa ovelha, 羊."

"É?"

"E o ideograma que significa belo, 美, também vem do mesmo ideograma de ovelha. Eu li isso há pouco tempo", ela disse refletindo um pouco, como se tentasse lembrar. "Na China

Antiga, as ovelhas serviam como padrão de referência para todo tipo de coisa. Eram até oferecidas como sacrifício aos deuses. Todos nós da loja buscamos obsessivamente o bom e o belo, não é? Quando soube que tanto o ideograma 'bom' quanto 'belo' eram derivados do ideograma 'ovelha', pensei: o que todos buscam já existe dentro do piano, desde o começo!"

É verdade. Estava tudo ali, desde o princípio, naquele grande instrumento preto e reluzente.

Olhei para Kazune e ela começava a tocar outra peça. "Bom e belo." Era uma celebração à vida.

# Brevíssimo posfácio

> [...] *continuar a caminhada nessa floresta de lã e aço. Com persistência, passo a passo.* (p. 196)

Um livro-floresta; uma floresta-livro. Entra-se e se sai, mas o que se *leva* dali? E, ainda mais importante, para *onde* se vai depois? "Para onde devemos seguir, Tomura? Para onde vai este posfácio?"

Os caminhos possíveis são tantos: uma lista de doze peças para piano para se escutar, uma para cada nota da escala; ou oitenta e oito, uma para cada tecla do piano — como o número de constelações. Apresentar algo dos poucos compositores que aparecem no livro: Mozart, Beethoven, Chopin, Beyer; ou seguir adiante e adentrar nas tecnicidades do piano e da afinação.

Mas "cada piano é diferente", cada um "tem a sua característica", assim como "cada pianista tem a sua peculiaridade", não é mesmo, Tomura? O som da montanha ao anoitecer, do movimento das águas do mar, das árvores balançadas pelo vento, da sala de concerto. Únicos. Como o som que emana de dentro do piano. E então tudo faz sentido: cada um tem dentro de si uma floresta única.

Sigamos adiante. Para que cada um percorra e ache seu caminho, *único*. A "bússola interior" se fixa num ponto e, invertendo a frase que abre um dos capítulos do livro, sabemos para onde ir:

*Assim como cada piano tem o lugar mais adequado para si, cada pessoa tem seu lugar no mundo.*

Viva o piano! Viva a música! Desejamos uma boa caminhada nessa floresta de lã e aço. Com persistência, passo a passo.

*O editor*

**FLORESTA DE LÃ E AÇO**, PRIMEIRO LIVRO DA ZAIN ESCRITO POR UMA MULHER, COMPOSTO EM SOURCE SERIF PRO SOBRE PAPEL PÓLEN NATURAL 80 G/M² PARA O MIOLO E CARTÃO SUPREMO 250 G/M² PARA A CAPA, FOI IMPRESSO PELA IPSIS GRÁFICA E EDITORA, EM SÃO PAULO, EM NOVEMBRO DE 2023.

OUÇA E ESCUTE.

ZAIN – LITERATURA & MÚSICA.

TÉRMINO DA LEITURA: